WILLIAM SHAKESPEARE

THEATRALISCHE WERKE

IN 21 EINZELBÄNDEN

ÜBERSETZT VON

CHRISTOPH MARTIN WIELAND

*

HERAUSGEGEBEN VON

HANS UND JOHANNA RADSPIELER

*

BAND 14

VIEL LERMENS UM NICHTS.

EIN LUSTSPIEL.

WILLIAM SHAKESPEARE

Viel Lermens um Nichts.

Ein Lustspiel.

ÜBERSETZT

VON

CHRISTOPH MARTIN WIELAND

HAFFMANS VERLAG ZÜRICH

Im Auftrag der
Hamburger Stiftung zur Förderung von
Wissenschaft und Kultur
nach der ersten Zürcher Ausgabe
von 1762 bis 1766
neu herausgegeben von
Hans und Johanna Radspieler

Konzeption und Gestaltung von
Urs Jakob, Haffmans Verlag AG, Zürich

Satz: LibroSatz, Kriftel
Herstellung: Offizin Andersen Nexö, Leipzig
ISBN 3 251 20151 4

Viel Lermens um Nichts.
Ein Lustspiel.

PERSONEN.

Don Pedro, Prinz von Arragon.
Leonato, Statthalter von Messina.
Don Juan, unehlicher Bruder von Don Pedro.
Claudio, ein junger Edelmann von Florenz, und Günstling des Don Pedro.
Benedict, ein junger Edelmann von Padua, gleichfalls bey Don Pedro beliebt.
Balthasar, einer von Don Pedro's Dienern.
Antonio, Leonato's Bruder.
Borachio, Vertrauter des Don Juan.
Conrad, dessen Freund.
Hundsloch, Spießruthe, } zween närrische Gerichts-Beamtete.
Hero, Leonato's Tochter.
Beatrix, eine Nichte von ihm.
Margarethe, Ursula, } Kammer-Jungfern der Hero.
Ein Franciscaner-Mönch, Wache, Stadtschreiber, Küster, und verschiedene Bediente.

Die Scene ist in Messina in Sicilien.

Erster Aufzug.

ERSTE SCENE.

Ein Hof vor Leonato's Hause.

Leonato, Hero und Beatrice mit einem Courier treten auf.

LEONATO.

Ich ersehe aus diesem Briefe, daß Don Pedro von Arragon diese Nacht nach Meßina kommt.

COURIER.

Er wird nicht lange mehr verziehen; er war nur noch drey Meilen von der Stadt, wie ich ihn verließ.

LEONATO.

Wie viele Leute habt ihr in dieser Action verlohren?

COURIER.

Sehr wenige, und keinen von Bedeutung.

LEONATO.

Der Sieger hat doppelt gesiegt, der seine Schaaren vollzählig zurük bringt; ich finde hier, daß Don Pedro einem jungen Florentiner, Claudio genannt, grosse Ehrenbezeugungen angethan habe.

COURIER.

Keine grössere als er verdient hat; er übertraf alles was man von seiner Jugend erwarten konnte, und that in der Gestalt eines Lamms die Thaten eines Löwen.

LEONATO.

Er hat einen Oheim hier in Meßina, den diese Nachricht sehr erfreuen wird.

COURIER.

Ich hab' ihm seine Briefe schon übergeben, und er schien eine grosse Freude darüber zu haben; eine so grosse Freude, daß sie ohne ein Merkmal von Schmerz sich nicht bescheiden genug zeigen konnte.

LEONATO.

Brach' er in Thränen aus?

COURIER.

In grossem Maaß.

LEONATO.

Die milde Ergiessung einer sanften Gemüths-Art! Keine Gesichter sind schöner, als die so gewaschen werden. Wie viel besser ists vor Freuden weinen, als sich freuen wenn andre weinen!

BEATRIX.

Ich bitte euch, ist Signor Montante (*) schon aus dem Felde zurük gekommen oder nicht?

COURIER.

Ich kenne keinen der so hiesse, Gnädiges Fräulein; es giebt keinen solchen bey der Armee, wenigstens nicht unter den Officieren.

LEONATO.

Nach wem fragt ihr, Nichte?

(*) Montante bedeutet im Spanischen ein breites Schlacht-Schwerdt. Warb. Beatrix fragt unter diesem Namen nach Benedicten, den sie dadurch als einen Prahler und Bramarbas qualificieren will.

HERO.

Meine Base meynt den Signor Benedict von Padua.

COURIER.

O, der ist schon zurük, und so spaßhaft als jemals.

BEATRIX.

Er schlug seine Zettel hier in Meßina an, und forderte den Cupido auf einen Wettstreit aus, wer am schnellesten fliehen könne; und meines Oheims Narr, der die Ausforderung zu lesen kriegte, unterschrieb sie im Namen des Cupido, und forderte ihn auf ein Vogel-Rohr heraus. Ich bitte euch, wie viele hat er getödtet und gegessen, diesen Feldzug über? Oder, sagt mir nur, wie viele er erlegt hat; denn, in der That, ich versprach ihm, daß ich alle essen wollte, die er umbringen würde.

LEONATO.

Ihr geht unbarmherzig mit Signor Benedict um, Nichte; aber ihr werdet euern Mann an ihm finden. Das glaubt mir.

COURIER.

Er hat in diesem Feldzug gute Dienste gethan, Gnädiges Fräulein.

BEATRIX.

Ihr hattet muffigen Proviant, und er half ihn aufessen, nicht wahr? Er ist ein sehr tapfrer Mann, wo es auf gute Kinnbaken ankommt; er hat einen heldenmäßigen Magen.

COURIER.

Er ist auch ein guter Soldat, Gnädiges Fräulein. (*)

LEONATO.

Ihr müßt meine Nichte nicht unrecht verstehen, mein Herr; es ist eine Art von scherzhaftem Krieg zwischen Signor Benedict und ihr; sie kommen nie zusammen, ohne daß es einen Scharmüzel von sinnreichen Einfällen absezt.

BEATRIX.

Ja leider, aber er gewinnt nicht viel dabey. In unserm lezten Gefecht, lieffen vier von seinen fünf Sinnen (**) als Krüppel davon, und der arme Mann muß sich seit dem mit einem behelfen; wenn er noch Wiz genug hat, einem Heuwagen auszuweichen, so mag er's für den Unterschied nehmen der zwischen ihm und seinem Pferd ist; ein bißchen Menschen-Verstand ist alles, was er davon gebracht hat -- Wer ist heutigs Tags sein Günstling? Denn er hat alle Monate einen neuen Herzens-Freund.

COURIER.

Ist das möglich?

BEATRIX.

Sehr leicht; denn er hat es mit seiner Treue, wie mit seinem Hut; die *Façon* davon wechselt mit jedem neuen Kopf, den er zu sehen kriegt.

COURIER.

Wie ich sehe, Fräulein, so ist Herr Benedict nicht zum besten bey euch angeschrieben.

(*) Die Antwort der Beatrix hierauf dreht sich um Wortspiele, die sich nicht übersezen lassen.

(**) Wieder Wortspiele mit *Wit*, (Wiz, auch zuweilen Verstand,) und *Wits*, im *plurali*, (die fünf Sinnen.)

Beatrix.

O nein; wenn er's wäre, so wollt' ich alle meine Schreiberey verbrennen. Aber, ich bitte euch, wer ist izt sein Camerad? Hat er keinen jungen Schwindelkopf, der die Reise zum Teufel mit ihm machen will?

Courier.

Er ist meistens in der Gesellschaft des edeln Claudio.

Beatrix.

O Himmel! er wird ihn an den Hals kriegen, wie eine Seuche; man wird schneller von ihm angestekt, als von der Pestilenz, und der Angestekte wird auf der Stelle toll. Helfe Gott dem edeln Claudio, wenn er den Benedict am Halse hat; er wird unter tausend Pfunden nicht wieder von ihm geheilt werden.

Courier.

Ich will mich wol in Acht nehmen, Fräulein, daß wir gute Freunde bleiben.

Beatrix.

Thut das, guter Freund.

Leonato.

Ihr werdet nie toll werden, Nichte.

Beatrix.

Nein, ausser in einem heissen Jenner.

Courier.

Don Pedro kommt.

*

ZWEYTE SCENE.

Don Pedro, Claudio, Benedict, Balthaser und Don Juan zu den Vorigen.

PEDRO.

Mein lieber Signor Leonato, ihr kommt eurer Unruhe entgegen; die Welt ist sonst sorgfältig, Unkosten zu vermeiden, und ihr sucht sie.

LEONATO.

Niemals kam die Unruh in der Gestalt von Euer Hoheit in mein Haus; sie flieht vielmehr vor dem Vergnügen, welches ein so angenehmer Gast mit sich bringt; und nur wenn ihr von mir scheidet, nimmt die Glükseligkeit Abschied.

PEDRO.

Ihr umfaßt eure Last zu willig; ich denke, das ist eure Tochter.

LEONATO.

Das hat mir ihre Mutter oft gesagt.

BENEDICT.

Hattet ihr Zweifel, Herr Leonato, daß ihr sie fragtet?

LEONATO.

Nein, Signor Benedict; denn damals war't ihr noch ein Kind.

PEDRO.

Ihr habt euren Theil, Benedict; wir können hieraus errathen, was ihr als ein Mann seyd; in Wahrheit, die junge Dame kündigt ihren Vater beym ersten Anblik an; ich wünsche euch Glük, Fräulein, ihr seyd einem edeln Vater ähnlich.

Benedict.

Wenn Signor Leonato ihr Vater ist, so würde sie wahrlich um ganz Meßina seinen Kopf nicht auf ihren Schultern haben wollen, so ähnlich sie ihm ist.

Beatrix.

Mich wundert, daß ihr immer was gesagt haben müßt, Signor Benedict; es giebt ja niemand darauf acht.

Benedict.

Wie, mein liebstes Fräulein Verachtung, leben Sie auch noch?

Beatrix.

Wie sollte Verachtung sterben können, wenn sie eine so gute Nahrung vor sich hat, wie Signor Benedict ist? Höflichkeit selbst muß sich in Verachtung verwandeln, wenn ihr euch sehen laßt.

Benedict.

So ist Höflichkeit ein Ueberläufer; denn das ist gewiß, alle Damen lieben mich, euch allein ausgenommen, und ich wollte, ich könnte in meinem Herzen finden, daß ich kein hartes Herz hätte, denn bey meiner Treu! ich liebe keine.

Beatrix.

Ein schäzbares Glük für unser Geschlecht; es würde sonst mit einem gefährlichen Liebhaber geplagt seyn. Ich danke Gott und meinem kalten Blut, daß ich in diesem Glük eures Sinnes bin; ich wollte lieber meinen Hund nach einer Krähe bellen hören, als einen Mann schwören, daß er mich liebe.

Benedict.

Gott erhalte Eu. Gnaden immer bey dieser Gesinnung, so wird einer oder der andre ehrliche Mann dem Schiksal eines zerkrazten Gesichts entgehen.

BEATRIX.

Krazen könnt es nicht schlimmer machen, wenn es ein Gesicht wäre, wie das eurige.

BENEDICT.

Gut, ihr würdet eine vortrefliche Lehrmeisterin für Papageyen abgeben.

PEDRO.

Signor Claudio, und Signor Benedict, mein werther Freund Leonato hat uns alle eingeladen; ich sage ihm, wir werden längstens einen Monat hier verweilen, und er wünschet herzlich, daß irgend eine Veranlassung uns länger zurükhalte; ich wollte schwören, daß er kein Heuchler ist, sondern aus seinem Herzen spricht.

LEONATO.

Ihr würdet gewiß nicht falsch schwören, Gnädigster Herr -- *(zu Don Juan.)* Erlaubet mir, Milord, euch nach dieser glüklichen Aussöhnung mit dem Prinzen, euerm Bruder, willkommen zu heissen; ich widme euch alle meine Dienste.

DON JUAN.

Ich danke euch; meine Gewohnheit ist nicht, viele Worte zu machen, aber ich danke euch.

LEONATO.

Gefällt es Eu. Gnaden hinein zu gehen?

PEDRO.

Eure Hand, Leonato; wir wollen mit einander gehen.

(Alle gehen ab, bis auf Benedict und Claudio.)

*

DRITTE SCENE.

CLAUDIO.

Benedict, bemerktest du nicht die Tochter des Signor Leonato?

BENEDICT.

Ich bemerkte sie nicht, sondern ich sah sie an.

CLAUDIO.

Ist sie nicht eine sittsame junge Lady?

BENEDICT.

Fragt ihr mich, daß ich euch, wie ein ehrlicher Mann, meine wahre aufrichtige Meynung sagen soll? oder soll ich euch, meiner Gewohnheit nach, als ein erklärter Feind ihres Geschlechts antworten?

CLAUDIO.

Nein, ich bitte dich; sprich in vollem Ernst wie du denkst.

BENEDICT.

Nun auf meine Ehre, so denk' ich (*), alles was ich zu ihrem Lob und Preiß sagen kan, ist, das wenn sie anders wäre als sie ist, so wäre sie nicht hübsch; und weil sie nicht anders ist als sie ist, so gefällt sie mir nicht.

CLAUDIO.

Du denkst, ich scherze; ich bitte dich, sag mir aufrichtig, wie sie dir gefällt?

(*) Man muß hier ein paar Wortspiele auslassen, welches in diesem Stük noch öfters begegnen wird; denn sie machen einen guten Theil des Wizes aus, worauf Hr. Benedict und seine Dame sich so viel zu gut thun.

BENEDICT.

Wollt ihr sie kauffen, daß ihr so ernstlich nach ihrem Preiß fraget?

CLAUDIO.

Kan die ganze Welt ein solches Kleinod kauffen?

BENEDICT.

Ja wohl, und ein Futteral dazu; aber warum sagt ihr das mit einer so schwermüthigen Mine? Oder macht ihr nur den Hanswurst, um uns zu sagen, daß Cupido ein guter Hasen-Jäger und Vulcan ein rarer Zimmermann ist? Kommt, was für einen Schlüssel muß man brauchen, um euch singen zu machen?

CLAUDIO.

In meinen Augen ist sie die liebenswürdigste Person, die ich in meinem Leben gesehen habe.

BENEDICT.

Ich kan noch ohne Brille sehen, und ich sehe nichts dergleichen, ihre Base hier, wenn sie nicht eine solche Furie im Leibe hätte, übertrift sie an Schönheit soweit als der erste May den lezten December; aber ich hoffe, ihr habt keine Gedanken ein Ehmann zu werden; oder habt ihr?

CLAUDIO.

Ob ich schon das Gegentheil geschworen habe, so wollt' ich mir doch kaum selbst trauen, wenn Hero mein Weib werden wollte.

BENEDICT.

Nun, wahrhaftig! Ist es dazu gekommen? Hat die Welt nicht einen einzigen Mann, der seine Kappe ohne Sorge tragen will? Soll ich keinen Junggesellen von sechzig Jahren mehr sehen? So sey es dann; wenn du ja deinen Hals in ein Joch schmiegen willst, so trag es und seufze deine Sonntage weg; seht, Don Pedro kommt zurük, und sucht euch.

*

VIERTE SCENE.

Don Pedro und Don Juan zu den Vorigen.

PEDRO.
Was habt ihr hier für Geheimnisse, daß ihr nicht mit uns in Leonato's Haus gegangen seyd?

BENEDICT.
Ich wollte, Eu. Hoheit nöthigte mich, es zu sagen.

PEDRO.
So befehl ichs dir, bey deiner Lehens-Pflicht.

BENEDICT.
Ihr hört es, Graf Claudio; ich kan so verschwiegen seyn als ein Stummer, des dürft ihr versichert seyn; aber bey meiner Lehens-Pflicht, merket auf das, bey meiner Lehenspflicht -- er ist verliebt; in wen? wird Euer Hoheit fragen; die Antwort ist kurz, in Hero, in Leonato's kurze Tochter.

CLAUDIO.
Wenn es so wäre, so wär es gesagt.

BENEDICT.
Wie ein Alt-Weiber-Mährchen, Gnädigster Herr; es ist nicht so, und war nicht so, und Gott verhüte, daß es jemals so sey.

CLAUDIO.

Wenn meine Leidenschaft sich nicht in kurzem ändert, so verhüte der Himmel, daß es anders seyn sollte.

PEDRO.

Amen, wenn ihr sie liebt, denn sie ist es wohl würdig.

CLAUDIO.

Eu. Hoheit sagt das, um mich hineinzuziehen.

PEDRO.

Auf meine Ehre, ich rede wie ich denke.

CLAUDIO.

Ich auch, gnädigster Herr.

BENEDICT.

Und ich.

CLAUDIO.

Daß ich sie liebe, das fühl ich.

PEDRO.

Daß sie liebenswürdig ist, das weiß ich.

BENEDICT.

Und daß ich weder fühle, wie man sie sollte lieben können, noch weiß wie sie es sollte würdig seyn; ist eine Meynung, welche Feuer nicht aus mir herabschmelzen kan; ich will am Pfahl dafür sterben.

PEDRO.

Du warst jederzeit ein verstokter Kezer in Verachtung der Schönheit.

CLAUDIO.

Und er konnte seine Rolle nie anders behaupten, als indem er seinem Willen gegen seine eigne Überzeugung Gewalt anthat.

Benedict.

Daß ein Weib mich empfangen hat, dafür dank' ich ihr; daß sie mich aufgezogen hat, auch dafür sag ich ihr demüthigsten Dank; aber daß ich meine Stirne zu einem Signal mache, um die Hunde auf die Spur zu bringen, oder daß ich mein Horn an einen unsichtbaren Riemen hängen soll, da wird mich das gesammte Frauenzimmer für entschuldiget halten; weil ich ihnen das Unrecht nicht thun möchte, irgend eine im Verdacht zu haben, so will ich mir selbst das Recht wiederfahren lassen, keiner zu trauen; und das Ende vom Lied ist, daß ich ein Junggeselle bleiben will.

Pedro.

Ich will es noch erleben, daß du vor Liebe so blaß aussehen wirst, wie ein Mädchen von dreyzehn Jahren.

Benedict.

Vor Zorn, vor Krankheit oder vor Hunger, aber nicht vor Liebe, Gnädigster Herr; wenn ich jemals aus Liebe mehr Blut verliehre, als ich durch eine Flasche Wein wieder bekommen kan, so krazt mir die Augen mit eines Balladen-Machers Feder aus, und hängt mich statt des Schilds über die Thür eines Bordels für den blinden Cupido auf.

Pedro.

Gut, wenn du jemals von diesem Glauben abfällst, so wirst du ein merkwürdiges Beyspiel gegen die Weiberhässer abgeben.

Benedict.

Wenn ich's thue, so hängt mich wie eine Kaze in einer Flasche auf und schießt nach mir; und den, der mich trift, klopft auf die Schulter, und nennt ihn (*) Adam.

PEDRO.

Gut, gut, die Zeit wird es lehren; mit Zeit und Weile lernt ein wilder Ochs das Joch tragen.

BENEDICT.

Das mag der wilde Ochs; aber wenn es jemals der empfindliche Benedict tragen lernt, so reißt dem Ochsen seine Hörner aus, und sezt sie an meine Stirne, und laßt mich in dieser Gestalt von einem Sudler abmahlen, und in so grossen Buchstaben wie man schreibt: Hier sind gute Pferde zu vermiethen; laßt unter mein Bildniß schreiben: Hier ist zu sehen Benedict, der verheurathete Mann.

PEDRO.

Wenn Cupido nicht seinen ganzen Köcher in Venedig (**) verschossen hat, so wirst du in kurzem für diesen Uebermuth beben.

(*) Adam Bell, ein berühmter Bogenschüze der damaligen Zeit. Hr. Theobald.

(**) Alle moderne Schriftsteller stimmen überein, Venedig in eben demselben Licht vorzustellen wie die Alten Cypern. Der Hr. *de St. Didier*, da er von ihren Courtisanen spricht, sagt: *Je suis certain, que rien ne peut égaler ce qui se voit à Venise, tant pour la multitude, que pour la pleine liberté - - Il y a deux cent cinquante quatre ans, que la republique fut obligée d'en faire venir un grand nombre d'étrangeres.* Und Bayle, da er von den zügellosen Sitten der Venetianischen Geistlichen spricht, sagt: *Je me souviens d'avoir demandé un jour à un homme, qui me contoit mille & mille dereglemens des Ecclesiastiques de Venise, comment il se pouvoit faire que le Senat souffroit - - On me fit reponse, que le bien public obligeoit le souverain à cette indulgence - - & que le Senat étoit bien aise, que le peuple eut le dernier mepris pour les Prêtres; car dés lors ils sont moins capables de le faire soulever.* Dr. Warburton.

BENEDICT.

Ja, wenn die ganze Erde mitbebt.

PEDRO.

Gut, andre Zeiten, andre Gedanken; indessen, mein lieber Signor Benedict, geht in Leonato's Haus, macht ihm mein Compliment, und sagt, daß ich auf den Mittag unfehlbar bey ihm seyn werde; denn in der That hat er grosse Zurüstungen gemacht.

BENEDICT.

Ich habe Stoffs genug in mir für eine solche Gesandtschaft; und hiemit empfehl' ich euch --

CLAUDIO.

dem Schuz Gottes; von Hause, wenn ich ein's hätte --

PEDRO.

den sechsten Julii, euer getreuer Freund, Benedict.

BENEDICT.

Nein, spottet nicht, spottet nicht. Eure Conversation ist zuweilen mit alten Lappen verbrämt, und das Verbräm ist beym einen und beym andern sehr schwach aufgenäht; eh ihr die Leute mit so abgenuzten Einfällen foppen wollt, prüft euer Gewissen, und hiemit nehm' ich meinen Abschied.

*

FÜNFTE SCENE.

CLAUDIO.

Mein Gebietender Herr, izt könnte mir Eure Hoheit eine grosse Gnade erweisen.

PEDRO.

Sage mir nur worinn; du hast meine Freundschaft, und du sollst finden, daß ihr nichts zu schwer ist, womit ich dein Glük befördern kan.

CLAUDIO.

Hat Leonato einen Sohn, Gnädigster Herr?

PEDRO.

Er hat kein Kind als Hero, sie ist seine einzige Erbin; hast du Absichten auf sie, Claudio?

CLAUDIO.

O mein Gnädigster Herr, wie wir in diesen nun geendigten Krieg zogen, sah ich sie mit den Augen eines Soldaten an; sie gefiel mir, aber ich hatte eine rauhere Arbeit vor mir, als Liebes-Neigungen nachzuhängen; izt da ich wieder zurükgekommen bin, und diese Kriegs-Gedanken ihren Plaz ledig gelassen haben, drängen sanfte und zärtliche Triebe sich an ihre Stelle, die mir alle zuflüstern, wie schön die junge Hero ist, und daß ich sie schon liebte, eh ich in den Krieg gieng.

PEDRO.

Du bist, wie ich sehe, nach der allgemeinen Weise der Liebhaber, auf gutem Wege, den Hörer mit einem Mährchen das kein Ende nimmt, einzuschläfern; wenn du die schöne Hero liebst, so laß dir's nicht leid seyn; ich will ihr und ihrem Vater den Antrag machen, und du sollst sie haben: War es nicht zu diesem Ende, daß du eine so schöne Historie zu flechten anfiengst?

CLAUDIO.

Wie schnell hat Euer Hoheit meine Wünsche in meinen Augen gelesen, und wie gütig ist eure Herablassung, meiner Liebe beförderlich zu seyn! Aber ich wünschte doch, daß die Sache nicht so schnell betrieben würde, damit meine Neigung nicht das Ansehen einer plözlich auffahrenden Flamme habe.

PEDRO.

Wozu braucht die Brüke breiter zu seyn als das Wasser? Siehst du nicht, daß die grösten Vorbereitungen schon so viel als gemacht sind? Du bist nun einmal verliebt, das ist eins, und für das Mittel für deine Krankheit will ich sorgen. Ich weiß, wir werden diese Nacht einen Masken-Bal haben; ich will mich verkleiden, daß man mich für dich ansieht, und der schönen Hero sagen, ich sey Claudio; ich will, in deiner Person, mein Herz in ihren Busen ausleeren, und ihr Ohr durch die Gewalt meiner verliebten Klagen gefangen nehmen; alsdann will ich mich an ihren Vater machen, und das Ende vom Lied ist, daß sie dein seyn soll. Wir wollen uns auf der Stelle zur Ausführung anschiken.

(Sie gehen ab.)

Leonato und Antonio kommen zurük.

LEONATO.

Bruder, wo ist mein Vetter, euer Sohn? Hat er die Musik besorgt?

ANTONIO.

Er macht sich sehr viel damit zu thun; aber, Bruder, ich kan euch etwas Neues sagen, wovon ihr euch wol nicht hättet träumen lassen.

LEONATO.

Ist es was Gutes?

ANTONIO.

Je nachdem es der Ausgang stempeln wird; wenigstens ist das äusserliche Ansehn gut; es fällt gut ins Gesicht. Der Prinz und Graf Claudio, die in einem dicht-verwachsenen Gang in meinem Garten spazieren giengen, wurden von einem meiner Leute behorcht: Der Prinz entdekte dem Claudio, daß er in meine Nichte, eure Tochter, verliebt sey, und im Sinn habe, ihr heute Nacht beym Bal seine Erklärung zu machen; und wenn er finde, daß ihr Herz einwillige, so gedenke er, ohne sich lange zu besinnen, euch einen Antrag zu machen.

LEONATO.

Hat der Bursche einigen Verstand, der euch das erzählte?

ANTONIO.

Es ist ein guter fein-ohriger Bursche; ich will ihn ruffen lassen, damit ihr ihn selbst ausfragen könnt.

LEONATO.

Nein, nein; wir wollen es für einen Traum halten, bis es selbst erscheint; aber ich will doch meiner Tochter davon sagen, damit sie sich desto besser auf eine Antwort gefaßt machen kan; geht ihr und sagt ihr davon -- *(Man sieht verschiedene Personen über die Bühne lauffen.)* Vettern, ihr wißt was ihr zu thun habt -- o! ich bitte euch um

Vergebung, mein Freund, kommt mit mir, ich will mich eurer Geschiklichkeit bedienen -- Lieber Vetter, traget Sorge, so lange diese unruhige Zeit daurt --

(Sie gehen ab.)

*

SECHSTE SCENE.

Ein Zimmer in Leonato's Hause.

Don Juan und Conrad treten auf.

CONRAD.

Wie, lustig, Gnädiger Herr, warum seyd ihr so unmäßig schwermüthig?

DON JUAN.

Weil ich unmäßig viel Ursache dazu habe.

CONRAD.

Ihr solltet die Vernunft anhören.

DON JUAN.

Und wenn ich sie angehört habe, was wird es mir für Vortheil bringen?

CONRAD.

Wo nicht würkliche Hülfe, doch Geduld.

DON JUAN.

Mich wundert, daß du, (der deiner eignen Aussage nach, unter dem Einfluß des Saturns gebohren ist,) die vergebliche Mühe nehmen magst, eine moralische Arzney gegen ein Uebel wie das meinige ist, gebrauchen zu wollen: Ich kan nicht verbergen, was ich bin: Ich muß schwermüthig seyn wenn ich Ursach habe, und über niemands Einfälle lächeln; essen wenn ich hungrig bin, und auf niemand warten; schlafen wenn mich schläfert, und um niemands Geschäfte willen wachen; lachen, wenn ich lustig bin, und mich nichts darum bekümmern ob andre im Humor sind mitzulachen oder nicht.

CONRAD.

Das ist wohl alles gut, aber ihr müßt euch's nicht so stark ansehen lassen, bis ihr es ohne euern Nachtheil thun könnt; es ist noch nicht so lange, daß ihr euch mit euerm Bruder abgeworfen habt, und er hat euch erst kürzlich wieder in seine Gnade aufgenommen, in welcher ihr unmöglich Wurzeln schlagen könnt, wenn ihr nicht selbst gutes Wetter dazu macht; ihr müßt euch nothwendig den Sommer für euern Herbst selber machen.

DON JUAN.

Ich wollte lieber ein Krebs in einem Zaun als eine Rose in seiner Gnade seyn; für mein Blut schikt sichs besser von jedermann gehaßt zu seyn, als ein künstliches Betragen anzunehmen, um jemands Liebe zu erschleichen; in dieser Absicht ists richtig, wenn ich schon kein schmeichlerischer Bidermann bin, so kan man mir doch nicht absprechen, daß ich ein aufrichtiger Bösewicht bin; man traut mir in so fern ich einen Maulkorb trage, und läßt mir, mit Fesseln an den Füssen, soviel Freyheit als ich will; ich bin also entschlossen in meinem Keficht nicht zu singen; hätt' ich meine Zähne frey, so würd' ich beissen; hätt' ich meinen freyen Lauf, so würd' ich thun was mir beliebt; biß dahin laßt mich seyn was ich bin, und verlangt nicht, daß ich anders seyn soll.

CONRAD.

Aber was für einen Gebrauch wollt ihr denn von euerm Mißvergnügen machen?

DON JUAN.

Einen jeden, wozu ich Gelegenheit finden werde, damit ich es nicht unnüzlich verbrauche - - Wer kommt hier? Was bringt ihr neues, Borachio?

Borachio zu den Vorigen.

BORACHIO.

Ich komme von einer grossen Abend-Mahlzeit; der Prinz, euer Bruder wird königlich von Leonato tractiert, und ich kan euch vorläufig sagen, daß eine Heurat auf dem Tapet ist.

DON JUAN.

Das kan mir vielleicht Anlaß geben, meinen wohlthätigen Humor zu beschäftigen. Wer ist der Narr, der sich selbst eine immerwährende Unruhe antrauen will?

BORACHIO.

Er ist euers Bruders rechte Hand.

DON JUAN.

Was, der unvergleichliche Claudio?

BORACHIO.

Er selbst.

DON JUAN.

Ein junger Herr, wie ich ihn brauche! und mit wem? mit wem? Auf wen hat er seine Augen geworfen?

BORACHIO.

Auf nichts geringers als Hero, die Tochter und Erbin des Leonato.

DON JUAN.

Ein vorzeitiges Merzen-Hühnchen, wahrhaftig: Wie kommt ihr zu dieser Zeitung?

BORACHIO.

Man hatte mich zum Parfümierer bestellt; wie ich nun dran war ein Zimmer auszuräuchern, wo es ziemlich muffig roch, da kommt mein Prinz und Claudio Hand in Hand und in sehr ernsthafter Unterredung begriffen; ich krieche geschwind hinter die Tapeten, und da hört ich, daß man mit einander abredete, der Prinz sollte um Hero für sich selbst werben, und wenn er sie bekommen habe, sie dem Grafen Claudio geben.

DON JUAN.

Kommt, kommt, wir wollen hingehn, das kan Futter für mein Mißvergnügen abgeben: Dieser kürzlich zu einer wichtigen Person gewordne Erdensohn, dieser Claudio, hat mich um all mein Ansehn gebracht; es soll mir höchst angenehm seyn, wenn ich ihm eins beybringen kan; ihr seyd beyde zuverläßig, und könnt mir behülflich seyn.

CONRAD.

Bis in den Tod, Gnädiger Herr.

DON JUAN.

Wir wollen zu ihrem Gastmahl; ihr Wohlleben ist desto grösser, weil ich zu Grunde gerichtet bin; ich wollte, der Koch dächte wie ich - - wollen wir gehn, und sehn was zu thun ist?

BORACHIO.

Wir werden Euer Gnaden begleiten.

(ab.)

*

Zweyter Aufzug.

ERSTE SCENE.

Ein bedekter Gang in Leonato's Hause.

Leonato, Antonio, Hero, Beatrix, Margaretha und Ursula.

LEONATO.

War der Graf Don Juan nicht beym Essen hier?

ANTONIO.

Ich sah ihn nicht.

BEATRIX.

Wie sauer dieser Don Juan aussieht! Ich kan ihn nie ansehen, ohne daß ich auf eine ganze Stunde lang das Sodbrennen kriege.

HERO.

Er ist in der That von einem sehr melancholischen Temperament.

BEATRIX.

Das wär ein vortreflicher Mann, der so gemacht wäre, daß er gerade das Mittel zwischen ihm und Benedict hielte; der eine ist wie eine Bildsäule, und sagt gar nichts; und der andre wie meiner Gnädigen Frauen ältester Sohn, und plappert immer.

LEONATO.

Folglich würde die Hälfte von Signor Benedicts Zunge in Don Juans Mund, und die Hälfte von Don Juans Melancholey in Signor Benedicts Gesicht --

BEATRIX.

Mit einem hübschen Paar Waden und einem feinen Fuß, Onkel, und Geld genug in der Tasche; so ein Mann würde ein jedes Weibsbild in der Welt gewinnen, wenn er ein Mittel finden könnte, sich bey ihr in Gunst zu sezen.

LEONATO.

Auf meine Ehre, Nichte, du kriegst deiner Tage keinen Mann, wenn du so spizig bist.

ANTONIO.

In der That, sie ist zu böse.

BEATRIX.

Zu böse, ist mehr als böse; auf diese Art komm ich um eine Gabe Gottes (*); denn man pflegt zu sagen: Gott giebt einer bösen Kuh kurze Hörner; aber einer zu bösen Kuh giebt er keine.

LEONATO.

Also, weil ihr zu böse seyd, wird euch Gott keine Hörner geben.

BEATRIX.

Richtig, wenn er mir keinen Mann giebt; eine Gnade, wovor ich ihm alle Morgen und Abend auf meinen Knien danken werde. Herr! nie könnt ich einen Mann

(*) Der Übersezer nimmt, (wie man ihm auch ohne diese Protestation verhoffentlich zutrauen würde) an diesen und ähnlichen profanen Einfällen, die in unserm Autor häufig genug sind, keinen Antheil; sie machten zu seiner Zeit einen guten Theil des Mode-Wizes aus, wie aus den meisten seiner Zeitgenossen von der Scribenten-Zunft erhellet; und niemand ärgerte sich daran. Das schlimmste ist, daß diese Spässe profan und frostig zugleich sind. Allein, wir verlangen nicht scrupuloser zu seyn als Dr. Warburton, und dulden billig alles, was er nicht ausdrüklich verwirft.

mit einem Bart im Gesicht ausstehen. Ich wollte lieber in Wolle ligen.

LEONATO.

Ihr könnt ja einen Mann kriegen, der keinen Bart hat.

BEATRIX.

Und was sollt' ich mit ihm anfangen? ihm meine Kleider anziehen, und ihn für mein Kammer-Mensch brauchen? Wer einen Bart hat, ist mehr als ein Knabe, und wer keinen hat, ist weniger als ein Mann; wer mehr als ein Knabe ist taugt nicht für mich, und wer weniger ist als ein Mann, für den taug' ich nicht; folglich will ich eben von dem Bärenhüter einen Sechspfenninger zum Lohn nehmen, und seine Affen zur Hölle treiben. (*)

ANTONIO *(zu Hero.)*

Nun, meine Nichte, ich hoffe, ihr werdet euch von euerm Vater regieren lassen.

BEATRIX.

O ja, wahrhaftig, es ist meiner Base Pflicht, einen Kniks zu machen, und zu sagen: Vater, wie es euch gefällt; aber bey allem dem, Base, laßt es einen hübschen Gesellen seyn, oder sonst macht ihr einen andern Kniks, und sprecht: Vater, wie es mir gefällt.

LEONATO.

Gut, gut, Nichte; ich hoffe den Tag noch zu erleben, da ihr einen Mann kriegen werdet, der eurer würdig ist.

(*) Auf diesen dummen und brutalen Einfall folgen ein paar noch ärgere, die wir auslassen. Dr. Warburton erklärt sie billig für gottlosen Unsinn, dessen Shakespear unfähig war, und den irgend ein wiziger Schauspieler eingeflikt habe; eine Freyheit, deren sich diese Herren öfters mit den Werken unsers Autors genommen haben sollen.

BEATRIX.

Nicht eher, bis unser Herr Gott die Männer aus einem andern Stoff als aus Erde machen wird. Sollt' es ein ehrliches Weibsbild nicht verdriessen, sich von einem Stük tapfern Staub übermeistern zu lassen? Einem sauertöpfischen Erdenkloß Rechenschaft von ihrem Thun und Lassen zu geben? Nein, Onkel, ich will keinen; Adams Söhne sind meine Brüder, und in vollem Ernst, ich mache mir ein Gewissen, so nah in meine Freundschaft zu heurathen.

LEONATO.

Tochter, erinnert euch meiner Anweisungen; wenn der Prinz euch auf eine solche Art versuchen wollte, so wißt ihr was ihr zu antworten habt -- Die Masken kommen, Bruder, macht Plaz.

*

ZWEYTE SCENE.

Don Pedro, Claudio, Benedict, Balthasar und andre, maskirt.

DON PEDRO.

Madam, gefällt es euch, mit euerm Freund zu gehen?

HERO.

Wenn ihr langsam geht, und freundlich ausseht, und nichts sagt, so bin ich von der Partie, sonderlich wenn ich davon gehe.

PEDRO.

Mit mir, in eurer Gesellschaft?

HERO.

Das kan ich, zum Exempel, sagen, wenn es mir gefällt.

PEDRO.

Und wenn gefällt es euch?

HERO.

Wenn mir eure Mine gefällt; denn Gott verhüte, daß die Laute dem Futteral gleich sey.

PEDRO.

Meine Maske ist wie Philemons Hütte; sie macht wenig Ansehen, aber es ist ein Jupiter darinn.

HERO.

Wenn das ist, so sollte eure Maske mit Stroh gedekt seyn.

PEDRO *(zu Balthaser.)*

Redet sachte, wenn ihr verliebte Dinge reden wollt.

BALTHASER *(zu Margaretha.)*

Gut; ich wollte ihr liebtet mich.

MARGARETHA.

Das wollt' ich um euers eignen besten willen nicht, denn ich habe eine Menge böser Eigenschaften.

BALTHASER.

Zum Exempel, nur eine davon?

MARGARETHA.

Ich bete überlaut.

BALTHASER.

Desto lieber seyd ihr mir, denn so können die Zuhörer sagen Amen.

MARGARETHA.

Die Götter verleihen mir einen guten Tänzer!

BALTHASER.

Amen!

MARGARETHA.

Und behüten mich vor ihm, sobald der Tanz aus ist! Antwortet, Küster!

BALTHASER.

Nichts mehr, der Küster hat seine Antwort.

URSULA.

Ich kenne euch gar wohl, ihr seyd Signor Antonio.

ANTONIO.

Auf mein Wort, ich bin's nicht.

URSULA.

Ich kenn' euch an euerm wakelnden Kopf.

ANTONIO.

Die Wahrheit zu sagen, ich mach's ihm nach.

URSULA.

Ihr könntet ihn unmöglich so gut nachmachen, wenn ihr nicht der Mann selbst wäret: Hier ist seine dürre Hand auf und nieder; ihr seyd's, ihr seyd's.

ANTONIO.

Auf ein Wort, ich bin's nicht.

URSULA.

Kommt, kommt, meynt ihr ich kenn' euch nicht an euerm lebhaften Wiz? Kan Tugend sich selbst verbergen? Geht, geht, ihr seyd Antonio; Annehmlichkeiten lassen sich nicht verläugnen, und damit ist's aus.

BEATRIX *(zu Benedict.)*
Wollt ihr mir nicht sagen, wer euch das sagte?

BENEDICT.
Nein, das bitt' ich mir aus.

BEATRIX.
Wollt ihr mir auch nicht sagen, wer ihr seyd?

BENEDICT.
Izt nicht.

BEATRIX.
»Ich habe einen widerwärtigen Humor, und mein ganzer Wiz sey aus den hundert lustigen Erzählungen« -- Gut, der war Signor Benedict, der das sagte.

BENEDICT.
Wer ist der?

BEATRIX.
Ich bin sicher, ihr kennt ihn so gut als euch selbst.

BENEDICT.
Nein, gewiß nicht.

BEATRIX.
Machte er euch nie zu lachen?

BENEDICT.
Ich bitte euch, wer ist er?

BEATRIX.
Wer er ist? Des Prinzen Hof-Narr, eine dumme, abgeschmakte Art von einem Narren, dessen einziger Talent darinn besteht, Lästerungen zu ersinnen, die auf niemand passen; er hat keine andre Freunde, als Leute von liederlicher Lebensart, und die Ursach warum sie ihn gerne haben, ist nicht sein Wiz, sondern daß er ein

Taugenichts ist; denn wenn er ihnen auf dieser Seite gefällt, so ärgert er sie auf der andern, und dann lachen sie über ihn, und prügeln ihn zu gleicher Zeit; ich bin gewiß, er ist hier; ich wollt' er hätte sich an mich gemacht.

BENEDICT.

Wenn ich diesen Cavalier finde, so will ich ihm melden, wie ihr von ihm sprecht.

BEATRIX.

Thut es, thut es, er wird höchstens ein oder zwey Gleichnisse an mir zerbrechen; und wenn es sich fügt, daß niemand drauf Acht giebt, oder drüber lacht, so wird er augenbliklich melancholisch, und dann ist ein Rebhuhn-Flügel gerettet; denn der Narr wird so schwermüthig darüber, daß er nicht zu Nacht essen kan. *(Man hört eine Musik hinter der Scene.)* Wir müssen den Anführern folgen.

(ab.)

*

DRITTE SCENE.

Don Juan, Borachio und Claudio bleiben.

DON JUAN.

Nichts gewissers, mein Bruder ist in die Hero verliebt, und hat ihren Vater bey Seite genommen, um ihm den Antrag zu machen; die Damen folgen ihr, und es ist nur noch eine Maske hier.

BORACHIO.
Und das ist Claudio; ich kenne ihn an seinem Gang.

DON JUAN.
Seyd ihr nicht Signor Benedict?

CLAUDIO.
Ihr kennt mich wol, ich bin's.

DON JUAN.
Signor, mein Bruder hat viele Freundschaft für euch; er ist in Hero verliebt; ich bitte euch, redet sie ihm aus, sie schikt sich nicht für seinen Stand; ihr könntet ihm hierinn einen Dienst thun, der eines rechtschaffnen Mannes würdig wäre.

CLAUDIO.
Woher wißt ihr, daß er sie liebt?

DON JUAN.
Ich hört' ihn es mit Schwüren bekräftigen.

BORACHIO.
Und ich; er schwur, er wollte sie diese Nacht noch heurathen.

DON JUAN.
Kommt, wir wollen zur Tafel.

(Don Juan und Borachio gehen ab.)

CLAUDIO.
So antwort' ich zwar in Benedicts Namen, aber höre diese schlimme Zeitung mit Claudio's Ohren. Es ist richtig, der Prinz wirbt für sich selbst. Freundschaft ist in allen andern Dingen zuverläßig, nur nicht in Liebes-Angelegenheiten; o Liebhaber, laßt euch das zur Warnung dienen, laßt eure eigne Zungen eure Unter-

händler seyn, und traut keinem Agenten; die Schönheit ist eine Hexe, durch deren Zauberkünste Treue in Blut zerschmilzt. (*) Mein unvorsichtiges Zutrauen macht mich in Zeit einer Stunde so klug. So lebe dann wohl, Hero!

Benedict tritt auf.

BENEDICT.

Graf Claudio?

CLAUDIO.

Der bin ich.

BENEDICT.

Wollt ihr nicht mit mir gehen?

CLAUDIO.

Wohin?

BENEDICT.

An die nächste Weide, in euern eignen Angelegenheiten, Graf. Wie wollt ihr den Kranz tragen? Um den Hals wie eine Wucherers Kette, oder unterm Arm, wie eine Lieutenants-Schärpe? Tragen müßt ihr sie, auf die eine oder andre Art, denn der Prinz hat eure Hero weggeschnapt.

CLAUDIO.

Ich wünsch ihm Glük zu ihr.

BENEDICT.

Nun, das ist gesprochen, wie ein ehrlicher Viehhändler; so endigt man einen Ochsen-Kauf: Aber hättet ihr wohl gedacht, daß euch der Prinz einen solchen Streich spielen würde?

(*) Eine Anspielung auf den alten Aberglauben, daß die Hexen Wasser, Wein, und dergl. durch ihre Zaubereyen in Blut verwandelten. Dr. Warburton.

CLAUDIO.

Ich bitte euch, laßt mich allein.

BENEDICT.

Ho, ho! ihr schlagt ja wie der Blinde; der Junge hat euch euer Essen gestohlen, und ihr schlagt den Pfosten.

CLAUDIO.

Wenn ihr nicht wollt, so will ich.

(Er geht ab.)

BENEDICT.

Au weh! das arme verwundete Wasser-Hühnchen! Izt wird es sich in die Binsen verkriechen -- Aber daß Madam Beatrix mich kennen und doch nicht kennen soll! des Prinzen Hof-Narr! ha? es mag seyn, daß man mich für so was ansieht, weil ich spaßhaft bin; eine solche Reputation würde wenig Vortheile bringen. Doch es ist nicht wahr, daß die Welt das von mir denke; es ist bloß der bittre und boshafte Humor der Beatrix, die mich gern in einen solchen Ruf bringen möchte; gut, ich will mich an ihr rächen, wenn ich kan.

*

VIERTE SCENE.

Don Pedro tritt auf.

PEDRO.

Wo ist der Graf? Habt ihr ihn nicht gesehen?

BENEDICT.

Aufrichtig zu reden, Gnädigster Herr, ich habe der Dame *Fama* Rolle gespielt. Ich fand ihn hier so melancholisch, wie ein Jäger-Häuschen in einem Forst; da sagt' ich ihm, (und ich denke, ich sagte ihm die Wahrheit) Eure Hoheit hätte das Herz dieser jungen Dame gewonnen, und bott' ihm meine Gesellschaft an, wenn er einen Weiden-Baum suchen wollte, entweder ihm einen Kranz zu machen, oder eine gute Ruthe für ihn zu binden.

PEDRO.

Warum eine Ruthe? Was hat er begangen?

BENEDICT.

Die alberne Sünde eines Schulknabens, der voller Freuden, daß er ein Vogel-Nest gefunden hat, es seinem Cameraden zeigt, der's ihm stiehlt.

PEDRO.

Willt du das Zutrauen zu einem guten Freund zur Sünde machen? Die Sünde ist in dem Stehler.

BENEDICT.

So würd' es doch nicht umsonst gewesen seyn, wenn die Ruthe gemacht worden wäre, und der Kranz dazu; denn den Kranz hätt' er selbst tragen können, und die Ruthe gegen euch gebrauchen, der ihm sein Vogel-Nest gestohlen hat.

PEDRO.

Ich will seine Vögel nur singen lehren, und sie dann dem Eigenthümer wieder zustellen.

BENEDICT.

Wenn ihr Gesang mit euern Worten übereinstimmt, so ist das, bey meiner Treue, edel gesprochen.

PEDRO.

Das Fräulein Beatrix hat einen Handel mit euch; der Cavalier, der mit ihr tanzte, sagte ihr, ihr hättet sehr schlimm von ihr gesprochen.

BENEDICT.

O! gerade das Wiederspiel! Sie sprach von mir, daß es nicht auszustehen war; eine Eiche, die nur noch ein einziges grünes Laub gehabt hätte, würde ihr geantwortet haben; meine Maske fieng an Leben zu kriegen und mit ihr zu keiffen; sie sagte mir, indem sie mich für einen andern ansah, ich sey des Prinzen Hof-Narr, und ich sey dummer als Thau-Wetter; das gieng, Streich auf Streich, mit einer so verfluchten Geschwindigkeit, daß ich unmöglich auspariren konnte; ich stuhnd nicht anders da, als wie ein Mann in einer Scheibe, mit einer ganzen Armee, die nach mir schoß; sie spricht lauter Dolche, jedes Wort durchbort; wenn ihr Athem so gefährlich wäre als ihre Ausdrüke, so wäre keine Möglichkeit mit ihr zu leben; sie würde die ganze Natur ansteken. Ich wollte sie nicht heurathen, und wenn sie alles besässe, was Adam hatte eh er sündigte; sie würde den Hercules gezwungen haben, daß er ihr die Braten hätte wenden müssen; ja, er hätte noch seine Keule spalten, und Feuer damit machen müssen. Wir wollen nicht mehr von ihr reden; sie ist eine höllische Furie, mit dem einzigen Unterschied, daß sie besser gekleidt ist. (*) Wollte der Himmel, wir hätten jemand der sie beschwören würde; denn wahrhaftig, so lang sie hier ist, lebt man in der Hölle so ruhig wie in einem Heiligthum, und die Leute sündigen mit allem Fleiß, weil sie gerne dort wären; alle

(*) Eine Anspielung auf die Gewohnheit der Mahler und Poeten, die Furien in Lumpen vorzustellen.

Quaalen und Plaggeister folgen ihr wohin sie geht, und die Hölle ist nirgends als wo sie ist.

*

FÜNFTE SCENE.

Claudio, Beatrice, Leonato und Hero zu den Vorigen.

PEDRO.

Seht, hier kommt sie.

BENEDICT.

Hat Euer Hoheit keine Commißion nach dem Ende der Welt für mich? Ich bin bereit um des schlechtesten Auftrags willen zu den Antipoden zu gehen; ich will euch aus der äussersten Spize von Asien einen Zahnstocher holen, euch das Maas von Priester Johannes Fuß bringen, oder ein Haar aus des grossen Cans Bart; kurz, ich will eher eine Gesandschaft zu den Pygmeen übernehmen, eh ich nur drey Worte mit dieser Harpye wechseln wollte; habt ihr nichts zu thun für mich?

PEDRO.

Nichts, als daß ich mir eure gute Gesellschaft ausbitte.

BENEDICT.

O Himmel, hier ist ein Gerichte wovon ich kein Liebhaber bin; ich kan die Zunge dieser Dame nicht ausstehen.

PEDRO.

Kommt, Madam, kommt, ihr habt Signor Benedicts Herz verlohren.

BEATRIX.

In der That, Gnädigster Herr, er lehnt' es mir eine Zeit lang, und ich gab es ihm mit Wucher wieder, ein doppeltes für ein einfaches; er gewann mir's mit falschen Würfeln ab, und deßwegen kan Euer Hoheit wol sagen, daß ich's verlohren habe.

PEDRO.

Ihr habt ihn zu Boden gelegt, Madam, ihr habt ihn zu Boden gelegt.

BEATRIX.

Ich wollte nicht daß er das mir thäte, Gnädigster Herr, sonst möchte ich eine Mutter von Narren werden: Ich habe den Grafen Claudio mit mir gebracht, den ihr mir zu suchen befohlen hattet.

PEDRO.

Wie stehts, Claudio; warum so schwermüthig?

CLAUDIO.

Nicht schwermüthig, Gnädigster Herr.

PEDRO.

Was dann? Krank?

CLAUDIO.

Auch das nicht.

BEATRIX.

Der Graf ist weder schwermüthig, noch krank, noch lustig, noch wohl; aber höflich, Graf, höflich wie eine Pomeranze, und ein Bißchen von der eifersüchtigen Art.

PEDRO.

In der That, Fräulein, ich denke ihr habt es errathen, ob ich gleich schwören wollte, daß er unrecht hat, wenn er's ist. Hier, Claudio, ich habe in deinem Namen um deine Liebste geworben, und die schöne Hero ist gewonnen; ich habe mit ihrem Vater gesprochen, und seine Einwilligung erhalten; nenne deinen Hochzeit-Tag, und ich wünsche dir Glük dazu.

LEONATO.

Graf, ich übergebe euch meine Tochter, und mein Vermögen mit ihr; seine Hoheit hat die Heurath gemacht, und der Himmel spreche Amen dazu!

BEATRIX.

Redet, Graf, die Reyhe ist an euch.

CLAUDIO.

Schweigen ist der beste Herold der Freude; ich wäre nicht so glüklich als ich bin, wenn ich sagen könnte, wie sehr ich's bin. Gnädiges Fräulein, wie ihr mein seyd, so bin ich euer; ich gebe mich selbst um euch hin, und schmachte nach dem Augenblik der Auswechslung.

BEATRIX.

Redet, Base, oder wenn ihr nicht könnt, so stopft ihm den Mund mit einem Kuß, und laßt ihn auch nichts sagen.

LEONATO.

Base, wollt ihr so gut seyn, und zu den Sachen sehen, wovon ich euch sagte.

BEATRIX.

Ich bitte um Vergebung, Onkel; mit Euer Hoheit Erlaubniß.

(Sie gehen ab.)

*

SECHSTE SCENE.

PEDRO.

Bey meiner Treu, ein Frauenzimmer von einem aufgeräumten Humor!

LEONATO.

Sie hat wenig von dem melancholischen Element in ihr, Gnädigster Herr; sie ist nie ernsthaft, als wenn sie schläft, und auch dann nicht einmal; denn ich hörte meine Tochter sagen, sie träume oft närrisches Zeug, und weke sich selbst mit Lachen auf.

PEDRO.

Sie kan nicht leiden, wenn man ihr von einem Gemahl sagt.

LEONATO.

Um alles in der Welt nicht, sie spottet alle ihre Liebhaber von sich weg.

PEDRO.

Sie würde eine vortrefliche Frau für Benedicten abgeben.

LEONATO.

Gnädigster Herr, sie würden einander in der ersten Woche toll schwazen.

PEDRO.

Graf Claudio, wenn gedenkt ihr euern Hochzeit-Tag zu haben?

CLAUDIO.

Morgen, Gnädigster Herr; die Zeit geht auf Krüken, bis die Liebe im Besiz aller ihrer Rechte ist.

LEONATO.

Nicht eher bis Montag, mein lieber Sohn; es sind gerade noch sieben Tage, und auch diese Zeit ist noch immer zu kurz, um alles so zu veranstalten wie ich es gerne hätte.

PEDRO.

Kommt, ihr schüttelt den Kopf über einen so langen Aufschub; aber ich stehe dir dafür, Claudio, wir wollen indeß keine lange Weile haben. Ich will in der Zwischen-Zeit eine von Herculessens Arbeiten über mich nehmen, und Signor Benedicten und Fräulein Beatrix in eine ungeheure gegenseitige Leidenschaft sezen. Ich möchte gern ein Paar aus ihnen machen, und ich habe die beste Hoffnung, damit zu Stande zu kommen, wenn ihr drey mir dazu behülflich seyn und die Rollen spielen wollt, die ich einem jeden geben will.

LEONATO.

Gnädigster Herr, ich bin zu euern Diensten, und wenn es mich zehn schlaflose Nächte kosten sollte.

CLAUDIO.

Und ich, Gnädigster Herr.

PEDRO.

Und ihr auch, liebenswürdige Hero?

HERO.

Ich will alles thun was schiklich seyn kan, um meiner Base zu einem braven Mann zu verhelfen.

PEDRO.

Und Benedict ist keiner von den unhofnungsvollesten Männern, die ich kenne; so viel kan ich wenigstens zu seinem Vortheil sagen, daß er von edler Abkunft, bekannter Tapferkeit und bewährter Ehrlichkeit ist. Ich will euch lehren, Fräulein, wie ihr es eurer Base beybringen sollt, daß sie in Benedicten verliebt werde; und ich will, mit euer beyder Hülfe Benedicten so bearbeiten, daß er troz seinem Queksilber-mäßigen Wiz und seinem ekeln Magen in Fräulein Beatrix verliebt werden soll. Wenn wir das zu Stand bringen, so sind wir künftig die Götter der Liebe, und Cupido kan sein Amt niederlegen wenn er will; kommt mit mir hinein; ich will euch meinen Plan sagen.

(Sie gehen ab.)

*

SIEBENDE SCENE.

Ein andres Zimmer in Leonato's Hause.

Don Juan und Borachio treten auf.

DON JUAN.

Nun ist es richtig, der Graf Claudio wird Leonato's Tochter heurathen.

BORACHIO.

Ja, Gnädiger Herr, aber ich kan einen Queerstrich drein machen.

DON JUAN.

Jeder Riegel, jedes Hinderniß wird eine Arzney für mich seyn; ich bin krank von Haß gegen ihn; und alles was seinen Neigungen entgegen fährt, lauft mit den meinigen parallel. Wie kanst du diese Heurath hindern?

Borachio.

Auf keine ehrliche Art, Gnädiger Herr; aber so verdekt, daß niemand den mindesten Argwohn auf mich werfen soll.

Don Juan.

Wie dann? mach es kurz!

Borachio.

Ich denke, ich sagte Eu. Gnaden schon vor einem Jahr, wie weit ich es in der Gunst der Jungfer Margretha, des Kammermädchens der Fräulein Hero, gebracht habe.

Don Juan.

Ich erinnre mich's.

Borachio.

Ich kan sie, in welcher Stunde der Nacht ich will, bestellen, daß sie aus ihrer Fräulein Kammer-Fenster heraussehe.

Don Juan.

Und was soll das zur Sache thun können?

Borachio.

Das ist alsdann eure Sache, Gift aus diesem Umstand zu ziehen; ihr geht, zum Exempel, zum Prinzen, euerm Bruder, und sagt ihm, daß es ihm wenig Ehre machen werde, einen so braven Cavalier wie Claudio, (dessen Verdienste ihr dann mächtig erheben müßt) mit einer so unzüchtigen Meze wie Hero, zu verheurathen.

Don Juan.

Und womit soll ich die Probe davon machen?

BORACHIO.

Probe genug, um den Prinzen zu betrügen, den Claudio zu quälen, Hero zu Grund zu richten, und Leonato ums Leben zu bringen; was verlangt ihr mehr?

DON JUAN.

Wenn ich ihnen nur Verdruß machen kan, so soll mir nichts zu viel seyn.

BORACHIO.

Geht also und sucht eine bequeme Stunde, wo ihr mit Don Pedro und mit Claudio allein sprechen könnt; sagt ihnen, ihr hättet zuverläßige Nachricht von einem Liebes-Verständniß zwischen Hero und mir; affectiert einen grossen Eifer für den Prinzen sowol als für Claudio, und stellt euch, als ob nichts als eure Sorge für die Ehre euers Bruders, der diese Heurath gemacht, und seines Freunds, der so schändlicher Weise durch die Maske der Unschuld hintergangen werde, euch zu dieser Entdekung bewogen habe; sie werden euch schwerlich ohne Beweis glauben; bietet ihnen an, daß ihr sie zu Augenzeugen machen wollet; und das soll nichts geringers seyn, als daß sie mich vor ihrem Kammer-Fenster sehen und hören sollen, wie ich Margrethen Hero nenne, und Margrethe mich Borachio nennt; laßt sie das unmittelbar in der Nacht vor dem Hochzeit-Tag sehen; ich will indeß schon Anstalt machen, daß Hero um selbige Zeit abwesend seyn soll; kurz, es sollen sich solche Proben von Hero's Untreue zeigen, daß Eifersucht Gewißheit scheinen, und alle Zurüstungen zur Vermählung unnüz gemacht werden sollen.

DON JUAN.

Entstehe soviel Unheil daraus als kan, ich will deinen

Plan ausführen helfen: Spiele deine Rolle gut, und tausend Ducaten sollen deine Belohnung seyn.

BORACHIO.

Sey du nur standhaft in der Anklage, von meiner Rolle will ich gewiß keine Schande haben.

DON JUAN.

Ich will gleich geh'n und mich erkundigen, was für einen Tag sie zur Hochzeit angesezt haben.

(Sie gehen ab.)

*

ACHTE SCENE.

Leonato's Garten.

Benedict und ein Junge.

BENEDICT.

Junge --

JUNGE.

Gnädiger Herr.

BENEDICT.

In einem Fenster meines Zimmers ligt ein Buch, bring mir's hieher in den Garten.

JUNGE.

Ich bin den Augenblik hier, Gnädiger Herr.

(Geht ab.)

BENEDICT.

Das weiß ich, aber ich will dich fort haben, und hernach wieder hier -- Mich wundert doch, wie es möglich ist, daß ein Mensch, der gesehen hat was ein verliebter Mensch für ein närrisches Geschöpf ist, und der solche schaale Thorheiten an andern lange genug belacht hat, zulezt der Gegenstand seiner eignen Verachtung und selbst verliebt werden kan! und ein solcher Mann ist Claudio. Ich weiß die Zeit, da Trummel und Queerpfeiffen die einzige Musik war die er leiden konnte, und izt hört' er lieber Flöten und Biscayer-Trummeln; ich weiß die Zeit, da er zehn Meilen zu Fuß gegangen wäre, um eine schöne Waffen-Rüstung zu sehen, und izt kan er zehn Nächte ungeschlafen ligen, um einen neuen Schnitt von einem Wamms auszusinnen. Sonst redte er ungekünstelt, platte, gesunde Vernunft, wie ein ehrlicher Mann und ein Soldat; izt ist er ein Wortklauber worden, und spricht lauter Figuren und Kauderwelsch. Sollt' ich, so lang ich mit diesen Augen sehe, so verwandelt werden? Ich kan's nicht sagen; aber ich denk', es ist unmöglich. Ich will nicht schwören, daß mich Cupido nicht in eine Auster verwandeln könnte; aber darauf wollt' ich wol einen Eid ablegen, daß er mich vorher in eine Auster verwandeln muß, eh er einen solchen Narren aus mir machen soll. Dieses Frauenzimmer ist schön, das thut mir noch nichts; eine andre ist wizig, das thut mir auch nichts; eine dritte tugendhaft; gut, das thut mir immer nichts; bis sich alle Vollkommenheiten in einem einzelnen Frauenzimmer vereinigen, soll kein einzelnes Frauenzimmer Gnade vor mir finden. Reich muß sie seyn, das ist ausgemacht; klug, oder ich bedanke mich ihrer; tugendhaft, oder ich werde gewiß kein Bott auf sie schlagen; schön, oder ich möchte sie nicht ansehen;

sanft, oder bleib mir vom Leibe; edel, oder ich wollte sie nicht, wenn sie sonst ein Engel wäre; von angenehmer Conversation, eine gute Musicantin, und wenn sie das alles ist, so sey ihr Haar von welcher Farbe Gott will! -- Ha! da kommt der Prinz und Herr Amor! Ich will mich in diese Laube verbergen --

*

NEUNTE SCENE.

Don Pedro, Leonato, Claudio und Balthasar.

DON PEDRO.
Kommt, wollen wir dieses Stük hören?

CLAUDIO.
Mit Vergnügen, Gnädigster Herr; wie still der Abend ist, als ob er mit Fleiß eingewiegt worden wäre, damit unsre Musik eine desto angenehmere Würkung mache.

DON PEDRO *(leise.)*
Seht ihr, wo Benedict sich verstekt hat?

CLAUDIO.
O, sehr wohl, Gnädigster Herr, wenn die Musik vorbey ist, so wollen wir ihn accommodiren, wie es ihm gehört.

PEDRO.
Kommt, Balthasar, wir wollen euer Lied noch einmal hören.

BALTHASAR.

O Gnädigster Herr, nöthiget mich nicht mit einer so schlechten Stimme der Musik mehr als einmal Schande zu machen.

PEDRO.

Eine bescheidne Meynung von sich selbst, ist allezeit die Eigenschaft eines würklichen Talents; ich bitte euch, singt, und laßt mich nicht länger bitten.

(Das Accompagnement fängt an.)

BENEDICT *(leise.)*

Nun, o göttliche Harmonie! Nun ist seine Seele in Verzükung! Ist es nicht was seltsames, daß Schaaf-Därme menschliche Seelen aus ihren Leibern ziehen können? Gut, ein Waldhorn für mein Geld wenn ihr fertig seyd!

Balthasar singt.

DON PEDRO.

Bey meiner Ehre, ein schöner Gesang.

BALTHASAR.

Und ein schlimmer Sänger.

PEDRO.

Nein, nein, wahrhaftig; für den Nothfall singst du gut genug.

BENEDICT.

Wär' es ein Hund gewesen, der so geheult hätte, sie hätten ihn hängen lassen; ich bitte Gott, daß seine unglükliche Stimme kein Unheil ankündige; ich wollte lieber einen Nacht-Raben gehört haben, es möchte Böses darauf gekommen seyn, was gewollt hätte.

PEDRO.

Hörst du, Balthasar? Ich bitte dich, sieh uns um gute

Musik, wir wollten auf Morgen Nachts gern eine Serenade vor Fräulein Hero's Kammerfenster machen.

BALTHASAR.

Ich will mein Bestes thun, Gnädigster Herr.

(Balthasar geht ab.)

PEDRO.

Lebt wohl, indessen. War's nicht ihr, Leonato, der mir heute sagte, eure Nichte Beatrix sey in Signor Benedict verliebt?

CLAUDIO *(leise.)*

Ha, ha; nur weiter, nur weiter, der Vogel sizt. *(Lauter.)* Ich hätte nimmermehr geglaubt, daß diese Dame in jemand verliebt werden könnte.

LEONATO.

Ich wahrlich auch nicht; aber das Wunderbarste ist, daß sie es in den Signor Benedict ist, den sie, dem äusserlichen Schein nach, immer so sehr verabscheut hat.

BENEDICT *(vor sich.)*

Ists möglich, kommt der Wind von dieser Eke?

LEONATO.

Bey meiner Treue, Gnädigster Herr, ich kan nicht sagen was man davon denken soll; aber daß sie ihn bis zum rasend werden lieb hat -- Nein, es übersteigt alles was man sich einbilden kan --

PEDRO.

Vielleicht ist es nur Verstellung --

CLAUDIO.

In der That, es sieht ihm ziemlich gleich.

LEONATO.

O Himmel! Verstellung? Wenn ihre Liebe Verstellung ist, so muß ich gestehen, sie kommt der Natur so nahe, daß man nothwendig betrogen werden muß.

PEDRO.

Wie, was für Zeichen einer so heftigen Leidenschaft bemerkt ihr denn an ihr?

CLAUDIO *(leise.)*

Bestekt nur den Angel gut, der Fisch wird anbeissen.

LEONATO.

Was für Zeichen? Sie sizt euch da -- meine Tochter sagte euch ja wie.

CLAUDIO.

Es ist wahr, sie sagt' es.

PEDRO.

Wie? wie? Ihr sezt mich in Erstaunen; ich hätte gedacht, ihr Herz wäre gegen alle Anfälle der Leidenschaft unüberwindlich.

LEONATO.

Ich hätte darauf geschworen, Gnädigster Herr; sonderlich in Absicht auf Benedicten.

BENEDICT *(vor sich.)*

Wenn es der graubärtige Geselle nicht sagte, so müßt ich denken, es wäre ein angestellter Handel; aber es ist unmöglich, daß Schelmerey sich in ein so ehrwürdiges Ansehn verkleiden sollte.

CLAUDIO *(sachte.)*

Er hat schon angebissen; nur weiter.

PEDRO.

Sie hat doch Benedicten noch nichts von ihrer Neigung merken lassen?

LEONATO.

O nein, und sie schwört, es solle nimmermehr geschehen; das ist eben ihre Quaal.

CLAUDIO.

Nichts anders, eure Tochter sagte mir eben das. Soll ich, sagt sie, ich die ihn so oft mit Verachtung abgefertigt hat, ihm izt schreiben, daß ich ihn liebe?

LEONATO.

Das sagt sie, wenn sie einen Brief an ihn angefangen hat; denn sie steht wohl zwanzigmal in der Nacht auf, und sezt sich in ihrem Nacht-Hemde hin, und überschmiert euch einen ganzen Bogen Papier; ich erfahr' alles von meiner Tochter.

CLAUDIO.

Weil ihr da von einem Bogen Papier redt, fällt mir ein artiger Spaß ein, den uns eure Tochter erzählte.

LEONATO.

O -- wie sie ihn überschrieben hatte, und ihn überlaß, und sich so ereyferte -- (*)

CLAUDIO.

Eben das --

LEONATO.

O sie zerriß den Brief in tausend Halb-Pfenning-Stükchen, und schimpfte auf sich selbst, daß sie so schaamlos seyn könnte, an jemand zuschreiben, von dem sie

(*) Der Scherz ligt hier in einem Wortspiel, das in der Uebersezung verlohren geht.

gewiß sey, daß er ihrer spotten werde: Ich messe ihn, sagte sie, nach mir selbst; denn ich würde ihn aushöhnen, wenn er mir schriebe; ja, ob ich ihn gleich liebe, so thät ich's.

CLAUDIO.

Hernach fällt sie auf ihre Knie, weint, schluchzt, schlägt sich auf die Brust, rauft sich die Haare aus, betet, flucht; o liebster Benedict! Himmel! Gieb mir Geduld!

LEONATO.

Das thut sie, in der That, wie meine Tochter sagt; und es ist wirklich so weit mit ihr gekommen, daß meine Tochter zuweilen fürchtet, sie möchte sich in der Verzweiflung selbst ein Leid anthun; es ist leider nur gar zu wahr.

PEDRO.

Es wäre gut, wenn es Benedict von jemand anderm erführe, wenn sie es ihm selbst nicht entdeken will.

CLAUDIO.

Wozu sollte das dienen? Er würde einen Spaß daraus machen, und das arme Fräulein desto ärger quälen.

PEDRO.

Wenn er das fähig wäre, so wär' es ein verdienstliches Werk ihn zu hängen; sie ist ein vortreffliches, angenehmes Frauenzimmer, und ich habe nicht den geringsten Zweifel, daß sie tugendhaft ist.

CLAUDIO.

Und über alle Maassen klug.

PEDRO.

In allen andern Sachen, ausser daß sie in Benedicten verliebt ist.

LEONATO.

O, Gnädigster Herr, wenn Klugheit und Fleisch und Blut in einer so jungen Person kämpfen, so haben wir zehn Exempel gegen eines, daß das leztere den Sieg erhält; es ist mir leid um sie, und ich habe auch alle Ursache dazu, da ich ihr Oheim und Beschüzer bin.

PEDRO.

Ich wollte, sie hätte sich einfallen lassen in mich verliebt zu werden; ich würde alle Bedenklichkeiten bey Seite gelegt, und sie zu meiner Hälfte gemacht haben. Ich bitte euch, sagt Benedicten davon, und hört was er dazu spricht.

LEONATO.

Meynt ihr, es wäre gut?

CLAUDIO.

Hero glaubt einmal für gewiß, es werde ihr Tod seyn; denn sie sagt, sie sterbe wenn er sie nicht wieder liebe, und sie wolle lieber sterben, ehe sie ihm ihre Liebe bekannt werden lasse; ja wenn er sich auch um sie bewürbe, so wolle sie lieber sterben, eh sie nur das geringste von ihrer gewöhnlichen Art mit ihm umzugehen, nachlassen wollte.

PEDRO.

Sie hat recht; wenn sie ihm ihre Neigung merken liesse, so ist sehr leicht möglich, daß er sie mit Verachtung abweisen könnte; denn der Mann hat, wie ihr alle wißt, einen übermüthigen Geist.

CLAUDIO.

Er ist sonst ein hübscher Mann.

PEDRO.

Er sieht, in der That, nicht unfein aus.

CLAUDIO.

Das gesteh ich, und meines Bedünkens hat er viel Verstand.

PEDRO.

Er giebt, in der That, einige Funken von sich, die wie Wiz aussehen.

LEONATO.

Und ich seh ihn dafür an, daß er tapfer ist.

PEDRO.

Wie Hector, das versichr' ich euch; und nach der Art, wie er sich aus Ehren-Händeln heraus zuwikeln weiß, kan man sagen daß er Klugheit besizt; denn entweder weicht er sie mit grosser Vorsichtigkeit aus, oder unterzieht sich ihnen mit christlicher Furcht.

LEONATO.

Wenn er Gott fürchtet, so muß er nothwendig friedfertig seyn; und wenn er den Frieden bricht, so hat er alle Ursache, mit Furcht und Zittern zu einer Schlägerey zu gehen.

PEDRO.

Und das thut er auch, denn der Mann fürchtet Gott, ob er gleich, seiner freyen Scherze wegen, nicht davor angesehen wird. Es mag nun seyn wie es will, so daur't mich eure Nichte; wollen wir gehn und Benedicten aufsuchen, und ihm von ihrer Liebe sagen?

CLAUDIO.

Nimmermehr, wenn ich bitten darf, Gnädigster Herr; man muß ihr diese Schwachheit auszureden suchen.

LEONATO.

O! das ist unmöglich; ihr Herz würde eher brechen.

PEDRO.

Gut, wir wollen hören, was eure Tochter davon sagt, und es indessen verkühlen lassen. Ich bin Benedicten gut, und ich möchte wünschen, daß er sich selbst bescheidentlich prüfen und erkennen wollte, wie unwürdig er ist, eine so liebenswürdige Frau zu haben.

LEONATO.

Das Mittag-Essen ist schon fertig, Gnädigster Herr.

CLAUDIO *(seitwärts.)*

Wenn er auf dieses hin nicht bis zum Unsinn in sie verliebt wird, so will ich mir selbst mein' Tage nichts mehr glauben.

DON PEDRO *(leise zu Leonato.)*

Sorget davor, daß eure Tochter und ihre Kammer-Mädchens das nemliche Nez für sie ausspreiten; es wird ein Spaß seyn, wenn eines von dem andern glaubt, daß es so verliebt sey, da doch nichts d'ran ist; das ist die Scene, die ich sehen möchte; es wird über eine Pantomime seyn; wir wollen sie schiken, daß sie ihn zum Mittag-Essen ruffe.

(Sie gehen ab.)

*

ZEHNTE SCENE.

Benedict kommt aus der Laube hervor.

BENEDICT.

Das kan keine Schelmerey seyn; die Unterredung war

zu ernsthaft; sie haben die Gewißheit der Sache von Hero selbst, sie scheinen Mitleiden mit der armen Dame zu haben; es scheint, ihre Leidenschaft sey auf dem äussersten Grad. In mich verliebt! Das muß erwiedert werden! Ich höre, wie sie mich tadeln; sie sagen, ich werde übermüthig werden, wenn ich merke daß sie mich liebe; sie sagen auch, sie werde eher sterben, eh sie mir ein Zeichen ihrer Neigung geben werde -- Ich hatte nie keinen Gedanken zu heurathen -- Aber ich will nicht für stolz angesehen werden -- Glüklich sind die, die den Anlas bekommen zu hören, was man an ihnen ausstellt, und sich selbst darnach verbessern; sie sagen, das Fräulein sey schön; diß ist eine Wahrheit, die ich bezeugen helfen kan; und tugendhaft -- es ist so, ich kan nichts dawider einwenden: Und klug, ausgenommen daß sie mich liebe -- Bey meiner Treue, es ist eben keine Zulage zu ihrem Verstand, und doch ist es auch kein grosser Beweis ihrer Thorheit; denn ich will sie ganz abscheulich lieb haben. Ich muß es mir gefallen lassen, daß etliche alberne Spässe und abgedroschne wizige Einfälle an mir vernuzt werden, weil ich bisher immer ein erklärter Feind vom Heurathen gewesen bin; aber kan sich der Appetit nicht ändern? und begegnet es nicht oft, daß einer in seiner Jugend eine Speise liebt, die er in seinem Alter nicht ausstehen kan? Soll sich ein ehrlicher Mann durch Spöttereyen, Wortspiele und Sentenzen aus der Laufbahn seines Humors treiben lassen? Nein; die Welt muß bevölkert werden! Wie ich sagte, ich wollte als Junggeselle sterben, dacht ich nicht, daß ich so lange leben würde, bis ich eine Frau nähme. Hier kommt Beatrix; in der That, sie ist ein schönes Frauenzimmer; ich bemerke einige Zeichen der Liebe an ihr.

Beatrice tritt auf.

BEATRIX.

Wieder meinen Willen bin ich geschikt worden, euch zum Essen zu ruffen.

BENEDICT.

Schönste Beatrix, ich danke euch für eure Mühe.

BEATRIX.

Diese Danksagung kostete mich nicht mehr Mühe zu verdienen, als euch sie zu machen; wenn es mühsam gewesen wäre, so würd' ich nicht gekommen seyn.

BENEDICT.

Diese Absendung hat euch also Vergnügen gemacht?

BEATRIX.

Ja, gerade soviel als ihr auf die Schneide eines Federmessers nehmen könntet -- Ihr habt keinen Appetit, wie es scheint, mein Herr; lebt wohl.

(Sie geht ab.)

BENEDICT.

Ha! »wieder meinen Willen bin ich geschikt worden« -- das kan eine doppelte Bedeutung haben -- »Es kostete mich nicht mehr Mühe, diese Danksagung zu verdienen, als euch, sie zu machen«, -- das sagt soviel als, eine jede Müh die ich um euertwillen übernehme, ist so leicht als eine Danksagung. Ich will ein Halunke seyn, wenn ich nicht Mitleiden mit ihr habe; ich will ein Jude seyn, wenn ich sie nicht liebe; ich will gleich gehen, und mir ihr Portrait machen lassen.

(ab.)

*

Dritter Aufzug.

ERSTE SCENE.

Leonato's Garten.

Hero, Margretha und Ursula treten auf.

HERO.

Mein liebes Grethchen, lauffe so geschwind als du kanst in den Saal, du wirst meine Base Beatrix mit dem Prinzen und Claudio in Conversation finden; raune ihr ins Ohr, ich und Ursula gehen im Garten spazieren, und unser ganzes Gespräch handle bloß von ihr; sage, du habest uns behorcht, und bitte sie, sie möchte sich in die bedekte Laube schleichen, wo duftende Waldlilien, von der Sonne gereift, der Sonne den Eingang wehren, gleich übermüthigen Günstlingen grosser Herren, die sich gegen die Macht auflassen, der sie ihren üppigen Wuchs zu danken haben - - Dort soll sie sich verbergen, wenn sie unsre Unterredung hören wolle; diß ist dein Amt; mach es gut, und verlaß uns.

MARGRETHA.

Sie soll gleich da seyn.

(ab.)

HERO.

Nun, Ursula, wenn Beatrix kommt, so muß Benedict, während wir in dieser Allee auf und ab gehen, der einzige Inhalt unsers Gesprächs seyn. Wenn ich ihn nenne, so laß es deine Rolle seyn, ihn ohne Ziel und

Maaß herauszustreichen; ich werde dir dann erzählen, wie sterblich Benedict in Beatrix verliebt sey; und wir werden sehen, was für eine Würkung unser Gespräch auf sie machen wird. Fange an!

Beatrix schleicht sich eilends hinter die Laube.

Siehst du sie? Sie schlüpft, wie ein Kibiz, über den Boden weg, um unser Gespräch zu belauschen.

URSULA.

Beym Angeln ist nichts lustigers als zu sehen, wie der Fisch mit seinen goldfarbigen Ohren aus dem Wasser hervorsticht, und gierig die verräthrische Lokspeise in sich schlingt; so angeln wir izt das Fräulein Beatrix, die sich eben izt hinter die Deke von Geißblat gesezt hat; sorget nicht für meine Rolle, ich will mich gut halten.

HERO.

So wollen wir näher hin gehen, damit sie nichts von der Lokspeise, die wir ihr legen, verliehre -- Nein, in der That, Ursula, sie ist zu spröde; ich weiß, ihre Geister sind so wild und scheu als die wilden Falken.

URSULA.

Aber weiß es Euer Gnaden denn gewiß, daß Benedict so erstaunlich verliebt in Fräulein Beatrix ist?

HERO.

Sie baten mich, daß ich ihr davon sagen sollte; aber ich beredete sie, wenn sie den Signor Benedict lieb hätten, ihm zu rathen, daß er seine Neigung bekämpfe, und meine Base nichts davon wissen lasse.

URSULA.

Aber warum das? Ist denn dieser Cavalier des Glüks nicht mehr als würdig, Fräulein Beatrix zu besizen?

HERO.

Freylich ist er alles werth, was ein Mann nur immer werth seyn kan; aber was kan ihm das helfen? Niemals hat die Natur ein weibliches Herz aus einem sprödern Stoffe gebildet, als meiner Base ihres. Stolz und Verachtung reiten funkelnd in ihren Augen, und verschmähen alles was sie ansehen; ihr Wiz schäzt sich selbst so hoch, daß alles andre nichts in ihren Augen ist; kurz, sie liebt sich selbst so sehr, daß sie sonst nichts lieben kan.

URSULA.

Ich glaube, in der That, daß Eu. Gnaden recht hat; und es wär' also gewiß nicht gut, wenn sie etwas von seiner Liebe wißte, sie würde nur ihr Gespötte damit treiben.

HERO.

Darinn habt ihr Recht. Ich habe noch niemand gesehen, er mochte so klug, so edel, so schön, so qualificiert seyn als er wollte, dem sie sein Verdienst eingestanden hätte; war er blond, so schwur sie, der Mann sollte ihre Schwester seyn; schwarz, die Natur hatte sich, wie sie ihn machte, an einem Pikelhering (*) versehen; war er lang, so hieß er eine Lanze mit einem schlechten Schaft; war er klein, ein übelgeschnittnes Agat-Bildchen; war er gesprächig, ein Wetterhahn; schwieg er, ein Kloz ohne Seele. So sieht sie an jedermann nur die schlimme Seite, räumt keinem die Vorzüge ein die er würklich hat, und zerrt so lange daran, bis sie aus den besten Figuren Caricaturen macht.

(*) *Mimi centunculo, fuligine faciem obducti*, sagt Apulejus von einer Gattung von *Mimis* seiner Zeit; die, wie Hr. Warburton glaubt, das Original von einer ähnlichen Art von Pikelhärings waren, die in den alten Englischen Possen-Spielen vorkommen, und auf welche unser Autor hier alludirt.

URSULA.

Gewiß, gewiß, mit einem solchen Humor wird sie sich wenig Freunde machen.

HERO.

Gewiß nicht; sie treibt die Singularität und die Freyheit, sich über alles wegzusezen, zu weit. Aber wer darf ihr das sagen? Wenn ich reden wollte, sie würde mich mit Spöttereyen in die Luft sprengen, sie würde mich aus mir selbst hinauslachen und mich mit Wiz zu tode pressen. Benedict mag also, wie verdektes Feuer, in Seufzer verrauchen, und von verhaltenem Gram sich verzehren; es ist immer ein beßrer Tod, als sich zu Tode spotten zu lassen, welches nicht besser ist als zu Tode gekizelt werden.

URSULA.

Euer Gnaden sollte ihr doch davon sprechen; man hörte doch, was sie dazu sagte.

HERO.

Nein; lieber will ich zu Benedicten gehen, und ihm rathen, daß er seine Leidenschaft zu unterdrüken suchen soll; und die Wahrheit zu sagen, ich hätte gute Lust, eine oder andre ehrliche Verläumdungen zu ersinnen, um meine Base damit anzuschmizen; man glaubt nicht, wie sehr ein einziges nachtheiliges Wort die Liebe vergiften kan.

URSULA.

O, ich bitte Euer Gnaden, eurer Fräulein Base kein so grosses Unrecht zu thun. Wenn sie soviel Verstand hat, wie jedermann von ihr sagt, so kan sie unmöglich so gar von aller gesunden Vernunft verlassen seyn, einen so vortreflichen Cavalier wie Benedict abzuweisen.

HERO.

Er ist der einzige Mann in Italien, immer meinen lieben Claudio ausgenommen.

URSULA.

Ich bitte Eu. Gnaden mir zu gut zu halten, daß ich rede, wie mir's ums Herz ist: Signor Benedict paßiert einmal in ganz Italien davor, daß er an Gestalt, Höflichkeit, Verstand und Tapferkeit seines gleichen nicht habe.

HERO.

In der That, er steht in sehr gutem Ruf.

URSULA.

In keinem bessern als er verdient, er mag so gut seyn als er will -- Wenn ist euer Hochzeit-Tag, gnädiges Fräulein?

HERO.

Morgen, sagt man; komm, ich will dir etliche neue Anzüge zeigen, und du sollst mir rathen, welcher sich auf morgen am besten schikt.

URSULA *(leise.)*

Sie klebt an der Stange, davor will ich gut seyn; wir haben sie gefangen, gnädiges Fräulein.

HERO.

Wenn es so ist, so kan Cupido etwas von uns lernen; wo seine Pfeile nicht beykommen können, da kan er die Herzen in Mausfallen fangen.

(Sie gehen ab.)

Beatrix kommt hinter der Laube hervor.

BEATRIX.

Was für ein Feuer brennt in meinen Ohren? Soll ich glauben, daß es so sey wie sie sagen? Verurtheilt man mich so strenge wegen Sprödigkeit und Stolz! So fahre wohl, Sprödigkeit; und du, jungfräulicher Stolz, fahr wohl! Der Ruhm ist nicht fein, den ihr hinter euerm Rüken laßt. Und du, Benedict, nur gutes Muths, du sollst keine Undankbare lieben; ich will mein wildes Herz zahm machen, und an deine liebende Hand gewöhnen; denn wenn du mich liebst, so kanst du keine andre Absicht haben, als unsre Herzen in ein geheiligtes Band zu schlingen. Man sagt, du verdienst es, und ich glaub es mit besserm Grund, als auf Hören Sagen. (*)

*

ZWEYTE SCENE.

Leonato's Haus.

Don Pedro, Claudio, Benedict und Leonato.

PEDRO.

Ich halte mich nur noch auf, bis eure Hochzeit vorbey ist, und gehe dann nach Arragon zurük.

CLAUDIO.

Ich werde euch dahin begleiten, Gnädigster Herr, wenn ihr mir's erlauben wollt.

PEDRO.

Nein, das würde sich übel für einen angehenden Ehemann schiken; das käme eben so heraus, als wenn man einem Kinde seinen neuen Rok zeigte, und verböt'

(*) Diese Rede der Beatrix ist im Original in Reimen.

ihm, daß er ihn nicht tragen dürfte. Ich will mich in Benedicts Gesellschaft lustig machen; denn der ist vom Wirbel bis zur Fußsole lauter Frölichkeit. Er hat dem Cupido zwey oder dreymal die Sehne an seinem Bogen abgeschnitten, und seitdem getraut sich der kleine Galgenvogel nicht mehr, nach ihm zu schiessen; sein Herz ist so ganz wie eine Gloke, und seine Zunge ist der Kleppel; denn was sein Herz denkt, das sagt seine Zunge.

BENEDICT.

Junge Herren, ich bin nicht mehr, was ich war.

LEONATO.

Das sag' ich auch; mich däucht, ihr seyd ernsthafter.

CLAUDIO.

Ich lebe der Hoffnung, er ist verliebt.

PEDRO.

An den Galgen mit ihm, er hat keinen einzigen Bluts-Tropfen im Leibe, der einer wahren Liebe fähig wäre; wenn er nicht aufgeräumt ist, so hat er kein Geld.

BENEDICT.

Ich habe Zahn-Weh.

PEDRO.

Laßt ihn ausziehen.

BENEDICT *(verdrießlich.)*

Laßt ihn aufhängen!

CLAUDIO.

Ihr müßt ihn zuerst hängen, und hernach ziehen.

PEDRO.

Fy! Seufzen, weil euch ein Zahn weh thut!

BENEDICT.

Es ist leicht über einen Schmerzen Meister seyn, den man nicht hat.

PEDRO.

Ich kan nicht glauben, daß er Grillen im Kopf haben sollte, es müßte dann die Grille seyn die er hat, alle Tage in einem andern ausländischen Habit zu erscheinen; heute wie ein Niederländer, morgen wie ein Franzos, oder gar in der Kleidung zweyer Nationen auf einmal; ein Deutscher von der Hüfte bis zu den Füssen, alles ausgezakt; und ein Spanier vom Gürtel bis oben aus, ohne Wamms.

CLAUDIO.

Wenn er nicht in irgend ein Weibsbild verliebt ist, so gilt kein Zeichen im Calender nichts mehr; er bürstet alle Morgen seinen Hut aus, was bedeutet das?

PEDRO.

Hat ihn jemand beym Barbier gesehen?

CLAUDIO.

Nein, aber man hat den Barbier bey ihm gesehen; und weiland! die Zierde seiner Wangen ist bereits gebraucht worden, Bälle damit auszustopfen.

LEONATO.

In der That, er sieht um einen Bart jünger aus.

PEDRO.

Und reibt sich mit Zibeth; könnt ihr ihm nun anriechen, wo's ihm fehlt?

CLAUDIO.

Das ist soviel gesagt, als, der holde Knabe ist verliebt.

PEDRO.

Der gröste Beweis davon ist seine Schwermuth.

CLAUDIO.

Und wenn pflegt' er sonst sein Gesicht zu waschen?

PEDRO.

Oder sich zu schminken; ich höre aber wohl, was man deßwegen von ihm sagt.

CLAUDIO.

Nein, aber sein sprudelnder Geist, der izt in eine Lauten-Sayte gekrochen ist, und durch Claves regiert wird --

PEDRO.

In der That, das bedeutet alles nicht viel gutes; summa, er ist verliebt.

CLAUDIO.

Und ich weiß auch, wer in ihn verliebt ist.

PEDRO.

Das möcht ich doch auch wissen: ich wette, es ist eine die ihn nicht kennt.

CLAUDIO.

O freylich, und die sich, troz allen seinen Mängeln und Gebrechen, um ihn zu Tode seufzt.

PEDRO.

So soll sie mit dem Gesicht aufwärts begraben werden.

BENEDICT.

Aber das alles hilft nicht fürs Zahnweh. Alter Herr, kommt ein wenig mit mir auf die Seite, ich habe acht oder neun kluge Worte ausstudiert, die ich euch sagen möchte, und die diese Steken-Pferde nicht zu hören brauchen. *(Leonato und Benedict gehen ab.)*

PEDRO.

Ich wollte mein Leben dran sezen, er wird um Beatrix bey ihm anhalten.

CLAUDIO.

Es ist nicht anders. Hero und Margretha haben indessen bey Beatrix ihre Rolle gespielt; und nun werden die zween Bären einander nimmer beissen, wenn sie zusammen kommen.

*

DRITTE SCENE.

Don Juan zu den Vorigen.

DON JUAN.

Mein Gebietender Herr und Bruder, wenn es euch gelegen wäre, möcht' ich mit euch sprechen.

PEDRO.

Allein?

DON JUAN.

Wenn es euch gefiele; doch darf es der Graf Claudio wol hören; denn was ich zu sagen habe, geht ihn an.

PEDRO.

Was ist es dann?

DON JUAN *(zu Claudio.)*

Gedenkt Eu. Gnaden sich morgen zu vermählen?

PEDRO.

Ihr wißt es ja schon.

DON JUAN.

Ich weiß nicht was er thun wird, wenn er weiß, was ich weiß.

CLAUDIO.

Wenn ihr ein Hinderniß wißt, so bitt' ich euch, entdekt es.

DON JUAN.

Ihr denkt vielleicht, ich sey euer Freund nicht; laßt die That es beweisen, und urtheilet besser von mir. Was meinen Bruder betrift, so denk ich, er hält euch hoch, und hat aus Freundschaft für euch zu dieser Heurath geholfen; wahrhaftig, eine übelangewandte Mühe!

PEDRO.

Wie? Was wollt ihr damit sagen?

DON JUAN.

Ich kam hieher euch zu sagen, und ich will es nur kurz zusammen fassen, daß die junge Dame ungetreu ist.

CLAUDIO.

Wer? Hero?

DON JUAN.

Eben sie; Leonato's Hero, Eure Hero, jedermanns Hero.

CLAUDIO.

Ungetreu?

DON JUAN.

Das Wort ist noch zu gut, ihren schändlichen Character zu mahlen; denkt auf einen noch schlimmern Titel für sie, und ich will zeigen, daß sie ihn verdient. Wundert euch nicht, bis ihr bessere Beweise habt; kommt nur heute Nachts mit mir, und ihr sollt sehen, daß einer in ihr Kammerfenster steigt, sogar in der Nacht vor ihrem Hochzeit-Tag; wenn ihr sie liebt, so heurathet sie des Morgens drauf; aber für eure Ehre wär' es besser, ihr ändert eure Gedanken.

CLAUDIO.

Ist das möglich?

PEDRO.

Ich kan es nicht glauben --

DON JUAN.

Ihr sollt es niemand als euern Augen glauben. Wenn ihr mit mir kommen wollt, so will ich euch genug zeigen; wenn ihr mehr gesehen und mehr gehört habt, so thut hernach was euch beliebt.

CLAUDIO.

Wenn ich diese Nacht das geringste sehe, weßwegen ich sie morgen nicht heurathen könnte, so will ich sie unmittelbar vor der Trauung vor der ganzen Versammlung beschämen.

PEDRO.

Und so wie ich mich für dich um sie beworben habe, so will ich mich mit dir vereinigen, sie zu bestraffen.

DON JUAN.

Ich will nichts weiter von ihr sagen, bis ihr meine Zeugen seyd; tragt es mit kaltem Blut nur bis diese Nacht, und laßt hernach die Sache selbst reden.

PEDRO.

O unglüklicher Hochzeit-Tag!

CLAUDIO.

O! unbegreifliche, unselige Catastrophe!

DON JUAN.

O! glüklich und zu rechter Zeit noch verhütetes Unglük! So werdet ihr sagen, wenn ihr gesehen habt was erfolgen wird.

(Sie gehen ab.)

*

VIERTE SCENE.

Verwandelt sich in die Strasse.

Hundsloch und Spießruthe, treten mit einer Wache von alten Bürgern auf.

HUNDSLOCH.

Seyd ihr gute Leute, und treu?

SPIESSRUTHE.

Ja, sonst hälfe nichts davor, sie müßten die ewige Salvation leiden, an Leib und Seel.

HUNDSLOCH.

Nein, das wäre noch eine zu gelinde Straffe für sie, wenn sie die kleinste Fidelität begiengen, da sie zu des Prinzen Wache auserkohren sind.

SPIESSRUTHE.

Gut, gebt ihnen ihre Omißion, Nachbar Hundsloch.

HUNDSLOCH.

Für's erste, wer meynt ihr, daß am unmeritirtesten wäre, Constabel zu seyn?

1. Wache.

Hugh Haberkuchen, Herr, oder Jörge Seekohl; denn sie können beyde schreiben und lesen.

Hundsloch.

Kommt her, Nachbar Seekohl: Gott hat euch mit einem guten Namen begabt; ein Mann von guten Gaben seyn, ist ein Geschenk des Glüks; schreiben und lesen kommt von der Natur.

2. Wache.

Beydes, Herr Constabel --

Hundsloch.

Habt ihr; ich weiß, daß ihr das sagen wolltet. Gut, was eure Gaben betrift, da gebt Gott die Ehre, und macht nicht viel Rühmens davon; und euer Schreiben und Lesen, das könnt ihr auf ein andermal sparen, wo man's nöthig hat. Man glaubt hier, ihr seyd der incapabelste und tauglichste, Constabel von der Wache zu seyn; haltet also die Laterne, und thut euer Amt; ihr sollt alles Fragranten-Volk beyfangen; ihr seyd da, allen Leuten zuzuruffen, halt! in des Prinzen Namen.

2. Wache.

Aber wenn einer nicht halten will?

Hundsloch.

Wie? Dann nehmt ihr keine Noviz von ihm und laßt ihn gehen; und ruft augenbliklich die übrige Wache zusammen, und dankt Gott, daß ihr eines Schurken los seyd.

Spiessruthe.

Wenn man ihm Halt! ruft, und er nicht halten will, so ist er keiner von des Prinzen Unterthanen.

HUNDSLOCH.

Das ist auch wahr, und sie haben sonst mit niemand zu thun, als mit des Prinzen Unterthanen. Ihr sollt also keinen Lerm in den Strassen machen, denn bey der Wache zu plappern und zu schwazen, ist höchst tolerabel, und kan nicht geduldet werden.

2. WACHE.

Wir werden mehr schlafen als reden; wir wissen gar wol, was einer Wache zukommt.

HUNDSLOCH.

Wohl gesprochen! Ihr redt wie ein braver alter Wächter, denn ich kan nicht sehen, was im Schlafen Böses seyn soll; nur nehmt euch in Acht, daß euch eure Hellebarden nicht gestohlen werden: Gut, ihr sollt auch in allen Bierschenken Nachfrag halten, und denen die einen Rausch haben, sagen, daß sie zu Bette gehen sollen.

2. WACHE.

Aber wenn sie nicht wollen?

HUNDSLOCH.

Nun, dann laßt sie sizen bis sie wieder nüchtern sind; und wenn sie euch dann keine bessere Antwort geben, so könnt ihr ihnen sagen, sie seyen nicht die Leute, wofür ihr sie gehalten habet.

2. WACHE.

Gut, Herr.

HUNDSLOCH.

Wenn ihr einem Dieb begegnen solltet, so könnt ihr ihn kraft euers Amts respectiren, daß er kein Bidermann sey; und was dergleichen Art Leute betrift, je weniger ihr mit ihnen zu verkehren habt, desto besser ist es für eure Ehrlichkeit.

2. WACHE.

Wenn wir ihn kennen, daß er ein Dieb ist, sollen wir nicht Hand an ihn legen?

HUNDSLOCH.

Freylich, in kraft euers Amts könnt ihr's thun; aber ich denke eben, wer Pech angreift, der besudelt sich gern; der friedfertigste Weg für euch, wenn ihr einen Dieb gefangen habt, ist halt, daß ihr ihn zeigen laßt wer er ist, und laßt ihn sich selbst aus eurer Gesellschaft stehlen.

SPIESSRUTHE.

Ihr habt immer für einen barmherzigen Mann bassiert, Nachbar Collegia.

HUNDSLOCH.

Das ist wahr, mit meinem Willen wollt ich keinen Hund hängen, wie vielmehr einen Menschen, der einige Ehrlichkeit in ihm hat.

SPIESSRUTHE.

Wenn ihr ein Kind in der Nacht schreyen hört, so müßt ihr der Amme ruffen, daß sie es stillen soll.

2. WACHE.

Aber wenn die Amme schläft, oder uns nicht hört?

HUNDSLOCH.

Nun so geht ihr im Frieden weiter, und laßt das Kind sie mit seinem Schreyen weken.

SPIESSRUTHE.

Es ist so.

HUNDSLOCH.

Das ist das End' eurer Omißion: Ihr, Constabel, präsentirt izt des Prinzen eigne Person; wenn ihr dem

Prinzen in der Nacht begegnet, so könnt ihr ihn stellen.

SPIESSRUTHE.

Nein, bey unsrer Frauen! Das, denk ich, kan er nicht.

HUNDSLOCH.

Fünf Bazen gegen einen, daß ein jeder der die Statuen kennt, sagen wird, daß er ihn stellen kan; aber Sapperment! es versteht sich, wenn der Prinz gern will; denn in der That, die Wache darf niemand beleidigen, und es ist eine Beleidigung, einen Menschen wider seinen Willen aufzuhalten.

SPIESSRUTHE.

Sapperment! ich denk', es ist so.

HUNDSLOCH.

Ha, ha, ha! Nun gut, ihr Herren, gute Nacht; wenn etwas wichtiges vorfallen sollte, so ruft mir. Verschweigt euers Cameraden Geheimnisse, und eure eigne, und gute Nacht; kommt, Nachbar.

2. WACHE.

Gut, ihr Herren, wir hören unsre Commißion; wir wollen gehen und uns hier auf den Kirchenbank sezen bis zwey, und dann heim zu Bette.

HUNDSLOCH.

Nur noch ein Wort, ehrliche Nachbarn. Ich bitte euch, wacht bey Signor Leonato's Thüre, denn weil sie morgen eine Hochzeit haben, so ist die ganze Nacht ein grosser Lermen im Haus. Adieu; seyd wachsam, ich bitte euch.

(Hundsloch und Spießruthe gehen ab.)

*

FÜNFTE SCENE.

Borachio und Conrad treten auf.

BORACHIO.

He! Conrad --

WACHE *(bey Seite.)*

Still, rührt euch nicht --

BORACHIO.

Conrad, sag ich --

CONRAD.

Hier, Mann, ich bin an deinem Ellnbogen.

BORACHIO.

So stell dich hart unter dieses Schirmdach, denn es rieselt; und ich will dir wie ein ehrlicher Trunkenbold alles sagen, was ich weiß.

WACHE *(bey Seite.)*

Irgend eine Verrätherey, ihr Herren; aber steht geschlossen und ripple sich keiner.

BORACHIO.

Wisse dann, daß ich tausend Ducaten von Don Juan eingeerndet habe.

CONRAD.

Ist es möglich, daß ein Bubenstük so theuer seyn kan?

BORACHIO.

Du solltest vielmehr fragen, ob es möglich sey, daß ein Bube so reich seyn könne? Denn wenn reiche Bösewichter arme nöthig haben, so können die armen fordern was sie wollen.

CONRAD.

Das wundert mich.

BORACHIO.

Man sieht wohl, daß du noch ein Neuling bist; du solltest doch wissen, daß die Form oder der Schnitt eines Wamms, eines Huts oder eines Roks für einen Mann soviel als nichts ist.

CONRAD.

Es ist eben ein Stük der Kleidung.

BORACHIO.

Ich rede bloß vom Schnitt, von der *Façon*.

CONRAD.

Ja, ja, die *Façon* ist die *Façon*.

BORACHIO.

Das ists, ich kan eben so sagen, ein Narr ist ein Narr; aber siehst du nicht was für ein häßlicher Dieb diese *Façon* (*) ist?

WACHE *(bey Seite.)*

Ich kenne diesen Faßan; er treibt das Diebs-Handwerk schon diese sieben Jahre her; er geht wie ein

(*) Borachio bedient sich zu diesem satyrischen Ausfall im Original des Worts *Fashion*, welches so vielerley Bedeutungen hat, daß wir kein deutsches Wort finden konnten, das demselben entspricht und hier brauchbar gewesen wäre. Vermuthlich ist die eigentliche Bedeutung, worinn er dieses Wort hier nimmt, die allgemeinste die es haben kan, da es die äusserliche Form einer Sache bezeichnet, und die Begebenheit die er im folgenden erzählt, und wo alles Uebel daher entstuhnd, daß Don Pedro und Claudio Margrethen für Hero angesehen, erklärt, wie uns däucht, wie er auf diese Reflexion gekommen ist.

Edelmann in der Stadt herum; ich erinnre mich seines Namens.

BORACHIO.

Hörst du niemand?

CONRAD.

Nein, es war der Fahne auf dem Hause.

BORACHIO.

Siehst du nicht, sag ich, was für ein häßlicher Dieb diese *Façon* ist? Wie schwindlicht sie sich um alle junge Leute zwischen vierzehn und fünf und dreißig herumdreht, und faßoniert sie bald wie Pharao's Soldaten in grossen Mahlereyen, bald wie des Gott Bel's Priester in alten Kirchen-Fenstern, bald wie den beschohrnen Herkules in den närrischen, von Schaben zerfreßnen Tapeten, wo sein Hosenlaz so groß und dik ist, als seine Keule.

CONRAD.

Alles diß seh' ich, und seh', daß die Faßon allemal mehr in die Augen fällt als der Mann selbst; aber bist du nicht selbst ein Schwindelkopf, daß du von deiner Erzählung abgekommen bist, um über die *Façon* eins daher zu moralisieren?

BORACHIO.

Nicht so sehr als du meynst; aber wisse, daß ich diese Nacht mit Margretchen, der Fräulein Hero Kammer-Jungfer unter dem Namen Hero gesprochen habe; sie bükte sich weit aus ihrer Fräulein Kammerfenster heraus, wünschte mir wol tausendmal eine gute Nacht -- Ich erzähle dir's ganz unordentlich -- ich hätte vorher sagen sollen, daß der Prinz, Claudio, und mein Gnädiger Herr, Don Juan, (die beyden ersten von dem lezten schon zum voraus eingenommen und vorbereitet) sich in einer gewissen Entfernung im Garten verborgen hatten, und dieser zärtlichen Scene zusahen.

CONRAD.

Und sahen sie Margrethen für Hero an?

BORACHIO.

Zween davon thaten's, der Prinz und Claudio; aber der Teufel, mein Herr wußte wol daß es Margrethe war; und theils durch seine Schwüre, theils durch die Dunkelheit der Nacht, theils und vornemlich durch meine Spizbüberey, die alle Verläumdungen des Don Juan bekräftigte, betrogen, gieng Claudio wüthend fort, und schwur, daß er sie morgen im Tempel, in dem Augenblik, da die Trauung hätte vor sich gehen sollen, vor der ganzen Versammlung durch Entdekung dessen was er diese Nacht gesehen, beschimpfen, und ohne einen Gemahl wieder heimschiken wolle.

1. WACHE.

Wir befehlen euch in des Prinzen Namen, steht!

2. WACHE.

Wekt den Herrn Constabel; wir haben hier den gefährlichsten H**handel entdekt, der jemals im gemeinen Wesen erhört worden ist.

1. WACHE.

Und ein gewisser Fassan ist mit im Spiel; ich kenn ihn, er trägt einen Haken-Schlüssel bey sich.

CONRAD.

Ihr Herren, ihr Herren --

2. WACHE.

Man wird euch schon lehren bekennen, wo Faßan ist, ich bin euch gut dafür.

CONRAD.

Ihr Herren --

I. Wache.

Schweigt; wir recommandiren euch, daß ihr gehorchen und mit uns gehen sollt.

Borachio.

Wir werden mit einer bequemen Gelegenheit abgehen, wenn uns diese Männer auf ihre Hellebarden sezen.

Conrad.

Ich wollte ihnen die Bequemlichkeit davon gerne schenken; kommt, wir wollen euch folgen.

(Sie gehen ab.)

*

SECHSTE SCENE.

Hero in ihrem Zimmer, mit Ursula und Margreth, welche mit ihrem Aufpuz zur Vermählungs-Ceremonie beschäftigt sind. Ursula wird abgeschikt, die Beatrix zu ruffen, und Margrethe füllt indessen diese kleine Scene mit grossen Lobeserhebungen des Brautkleids, und mit etlichen etwas freyen Scherzen und Wortspielen aus, die vollkommen in dem Character einer impertinenten alten Kammerjungfer sind.

*

SIEBENDE SCENE.

Beatrix zu den Vorigen.

Hero.

Guten Morgen, Base.

BEATRIX.

Guten Morgen, meine liebe Hero.

HERO.

Wie, wo fehlt es euch? Ihr sprecht ja in einem so kranken Ton?

BEATRIX.

Ich habe jeden andern Ton verlohren, däucht mich -- aber, es ist schon fünf Uhr, Base; es ist Zeit daß ihr fertig seyn solltet; bey meiner Treu, es ist mir gar nicht wohl -- o! *(sie gähnt und dehnt sich aus.)*

MARGARETHA.

Gut, ich will nichts sagen, aber wenn Fräulein Beatrix nicht eine Renegatin worden ist, so kan man nimmer nach den Sternen segeln.

BEATRIX.

Was meynt die Närrin damit?

MARGARETHA.

Ich? o, gar nichts, als, Gott gebe einem jeden was sein Herz wünschet!

HERO.

Diese Handschuh schikte mir der Graf, sie sind überaus angenehm parfümirt.

BEATRIX.

Ich bin verstopft, Base, ich kan nicht riechen.

MARGARETHA.

Eine Jungfer, und verstopft! aber man kan sich freylich leicht verkälten.

BEATRIX.

Gott behüt uns! Wie lang ists, daß ihr Profeßion von Wiz macht?

MARGARETHA.

Seitdem Eu. Gnaden es aufgegeben hat; läßt mir mein Wiz nicht unvergleichlich gut?

BEATRIX.

Er fällt nicht genug in die Augen, ihr solltet ihn auf eurer Haube tragen. Bey meiner Treue, ich bin krank.

MARGARETHA.

Eu. Gnaden sollte sich distillirten Carduus Benedictus holen lassen, und ihn aufs Herz legen; es ist kein besseres Mittel für eine Beklemmung auf der Brust.

HERO *(leise.)*

Da stichst du sie mit einer Distel.

BEATRIX.

Benedictus? warum Benedictus? Es soll eine Moral unter diesem Benedictus steken, denk ich.

MARGARETHA.

Eine Moral? Nein, bey meiner Treue, ich meynte nichts moralisches damit, ich meynte natürlichen Cardebenedicten-Distel; nein, bey unsrer Frauen! ich bin keine solche Närrin, daß ich nur denken sollte, was ich will; man denkt was man kan, und wenn ich mir den Kopf ausdächte, so kan ich nicht denken, daß Eu. Gnaden verliebt sey, oder jemals verliebt seyn werde, oder verliebt seyn könne; und doch war Benedict auch so einer, und was für ein Mann ist er seit kurzem worden! Er schwur, er wollte nie heurathen, und izt ist es, troz seinem stolzen Herzen! schon so weit mit ihm gekommen, daß er allen Appetit zum Essen verlohren hat. Ob Eu. Gnaden auch noch bekehrt werden kan, weiß ich nicht; aber mich däucht, ihr seht auch mit euern Augen, wie andre Frauenzimmer.

URSULA.

Madam, es ist Zeit; der Prinz, der Graf, Signor Benedict, Don Juan, und alle jungen Cavaliers in der Stadt sind gekommen, euch in die Kirche abzuholen.

HERO.

Helft mir mich vollends ankleiden, liebe Base, liebes Gretchen, liebe Ursula.

(Sie gehen ab.)

*

ACHTE SCENE.

Ein andres Zimmer in Leonato's Hause.

Leonato tritt mit Hundsloch und Spießruthe auf.

LEONATO.

Was verlangt ihr von mir, meine ehrlichen Nachbarn?

HUNDSLOCH.

Sapperment, Gnädiger Herr, ich möchte eine Confidenz mit euch haben, die euch nahe angeht.

LEONATO.

Macht es kurz, ich bitte euch; ihr seht, daß ich viel zu thun habe.

HUNDSLOCH.

Sapperment, Gnädiger Herr, das habt ihr.

SPIESSRUTHE.

Ja, wohl, in der That habt ihr, Gnädiger Herr.

LEONATO.

Was ist es dann, meine gute Freunde?

HUNDSLOCH.

Der gute alte Spießruthe wird Eu. Gnaden etwas von der Sache sagen können; ein alter Mann, Gnädiger Herr, und sein Verstand ist freylich, Gott helf ihm! nicht so stumpf als ich gerne wollte; aber, meine Treue! so ehrlich, wie die Haut zwischen seinen Augbraunen.

SPIESSRUTHE.

Ja, ich bin, Gott Lob! so ehrlich als einer in der Stadt, der ein alter Mann ist, und nicht ehrlicher als ich.

HUNDSLOCH.

Vergleichungen sind odoros; *palabras*, Nachbar Spießruthe.

LEONATO.

Nachbarn, ihr seyd tedios.

HUNDSLOCH.

Es gefällt Eu. Gnaden so zu sagen; aber wir sind des armen Herzogs Gerichts-Bediente; und, meiner Treu, ich für meinen Theil, wenn ich so tedios wäre wie ein König, so wollt ich mich's nicht dauren lassen, alles auf Eu. Gnaden zu wenden.

LEONATO.

Alle deine Tediosität auf mich?

HUNDSLOCH.

Ja, und wenn es noch zwanzigmal mehr wäre als es ist, denn ich höre eine so gute Exclamation von Eu. Gnaden, als von irgend einem Mann in der Stadt; und wenn ich schon nur ein armer Mann bin, so freut es mich doch, daß ich so viel Gutes von euch höre.

SPIESSRUTHE.

Und mich auch.

LEONATO.

Ich möchte gerne wissen, was ihr mir denn zu sagen habt.

SPIESSRUTHE.

Sapperment, Gnädiger Herr, unsre Wache hat die vergangne Nacht, mit Eu. Gnaden Respect zu melden, ein paar so leichtfertige Schelmen aufgefangen, als man nur in Meßina finden kan.

HUNDSLOCH.

Ein guter alter Mann, Gnädiger Herr; er muß halt geredt haben, wie man zu sagen pflegt; wenn das Alter kommt, geht der Wiz fort; Gott helf uns, es geht schon nicht anders in der Welt; wohl gegeben, mein Treu! Nachbar Spießruthe, wohl; er ist ein guter Mann; wenn ihrer zween auf einem Pferd reiten, so muß schon einer hinten aufsizen; eine ehrliche Seele, mein Treu! Gnädiger Herr, das ist er, in der That, als eine die Brodt ißt, aber was Gott thut, das ist wohl gethan! Es können nicht alle Menschen gleich seyn, leider! Der gute ehrliche Nachbar!

LEONATO.

In der That, Nachbar, er reicht nicht an euch.

HUNDSLOCH.

Nicht uns, Herr, nicht uns -- Das sind Gaben, die Gott giebt.

LEONATO.

Ich muß gehen --

HUNDSLOCH.

Nur ein Wort, Gnädiger Herr, unsre Wache hat in der That zwey auspiciose Personen eingezogen, und wir möchten sie gerne diesen Morgen vor Eu. Gnaden examinirt haben.

LEONATO.

Examiniert sie selbst, und bringt mir die Registratur darüber; ihr seht selbst, daß ich izt unmöglich Zeit habe.

HUNDSLOCH.

Es soll alles wol besorgt werden.

LEONATO.

Laßt euch ein Glas Wein geben, eh ihr geht, und lebt wohl.

Ein Bedienter.

BEDIENTER.

Gnädiger Herr, alles wartet nur auf eure Ankunft.

LEONATO.

Ich will aufwarten; ich bin fertig.

(Leonato geht ab.)

HUNDSLOCH.

Mein lieber Collegia, geht einmal zu Franz Seekohl, und sagt ihm, er soll seine Feder und sein Dintenfaß in das Gefängniß bringen, wir wollen diese Leute gleich examinieren.

SPIESSRUTHE.

Aber das muß mit Verstand angegriffen werden.

HUNDSLOCH.

Seyd nur ohne Sorge, wir wollen den Wiz nicht sparen, da bin ich euch gut dafür: hier ist was, *(er deutet auf seine Stirne,)* das dem einen oder andern heiß machen soll. Holt ihr uns nur den gelehrten Schreiber, daß wir unsre Excommunication zu Papier bringen, und fragt im Gefängniß nach mir an.

(Sie gehen ab.)

Vierter Aufzug.

ERSTE SCENE.

Eine Kirche.

Don Pedro, Don Juan, Leonato, ein Franciscaner-Mönch, Claudio, Benedict, Hero und Beatrice.

LEONATO.

Kommt, Pater Franciscus, macht es kurz, nichts als was nothwendig zur Ceremonie gehört; ihre besondern Pflichten könnt ihr ihnen hernach, gelegenheitlich, vorhalten.

MÖNCH.

Seyd ihr gekommen, Gnädiger Herr, euch mit dieser Dame zu vermählen?

CLAUDIO.

Nein.

LEONATO.

Mit ihr vermählt zu werden, Bruder; ihr seyd gekommen sie zu vermählen. (*)

MÖNCH.

Gnädiges Fräulein, seyd ihr gekommen, mit diesem Grafen vermählt zu werden?

(*) Ein jämmerliches Wortspiel mit der doppelten Bedeutung des Worts *marry*, so *epouser* und *marier* bedeutet. Man hat es weder ausdrüken noch weglassen können.

HERO.

Ja.

MÖNCH.

Wofern eines von euch einiges innerliches Hinderniß weiß, weswegen ihr nicht zusammen kommen könnt, so befehl ich euch, so lieb euch eure Seele ist, es zu entdeken.

CLAUDIO.

Wißt ihr eines, Hero?

HERO.

Keines, mein Herr.

MÖNCH.

Wißt ihr eines, Graf?

LEONATO.

Ich getraue mir die Antwort für ihn zu machen, keines.

CLAUDIO.

O was getrauen sich die Menschen nicht? Was thun die Menschen nicht? Was thun sie nicht alle Tage, ohne zu wissen was sie thun?

BENEDICT.

Wie? was sollen diese Interjectionen bedeuten?

CLAUDIO.

Macht ein wenig Plaz, Bruder: Vater, mit eurer Erlaubniß; seyd ihr aus freyer und eigner Bewegung entschlossen, mir diese Jungfrau eure Tochter zu geben?

LEONATO.

So frey, mein Sohn, als Gott sie mir gegeben hat.

CLAUDIO.

Und was kan ich euch dagegen zurükgeben, das einer so reichen und kostbaren Gabe das Gegengewicht halten kan?

PEDRO.

Nichts, ausser ihr gebt sie wieder zurük.

CLAUDIO.

Liebster Prinz, ihr zeigt mir den Weg einer edeln Dankbarkeit. Hier, Leonato, nehmt sie wieder zurük; macht euerm Freunde kein Geschenk mit dieser wurmstichigen Pomeranze; sie ist nur der leere Schein der jungfräulichen Ehre; seht nur, wie ähnlich einem unbeflekten Mädchen sie hier erröthet! O! daß das schlaue Verbrechen sich mit diesem ehrwürdigen Ansehn der Unschuld deken kan! Kommt nicht dieses Blut, als ob es ein unverwerfliches Zeugniß ihrer reinen Tugend ablegen wolle? Würdet ihr nicht, ihr alle, die ihr sie hier seht, auf diese Anscheinungen hin schwören, daß sie eine Jungfrau sey? Aber sie ist keine; Sie kennt die Hize eines unkeuschen Bettes; ihr Erröthen ist das stumme Bekenntniß ihrer Schuld, nicht Sittsamkeit.

LEONATO.

Was soll dies bedeuten, mein Herr?

CLAUDIO.

Daß ich meine Seele an kein unzüchtiges Weibsbild kütten lassen will.

LEONATO.

Mein werther Herr, wenn ihr vielleicht, zu eurer eignen Verantwortung, den Widerstand ihrer Jugend besiegt, und ihre Jungfräuliche Blume gepflükt habt --

CLAUDIO.

Ich weiß was ihr sagen wollt: wenn ich das gethan hätte, wollt ihr sagen, so habe sie einen Gemahl in mir umarmt, und dieses verringre die Sünde der Anticipation. Nein, Leonato, ich versuchte sie niemals, selbst mit keinem zu freyen Worte; und die Liebe die ich ihr zeigte, war die unschuldige Liebe eines Bruders zu seiner Schwester.

HERO.

Und hab ich euch jemals anders geschienen?

CLAUDIO.

Weg mit deinem Schein! Ich will ein Buch gegen den Schein schreiben, so sehr hat der Deinige mich betrogen -- Ihr schienet mir wie Diana in ihrem Kreise, so keusch als die noch uneröffnete Knospe: Aber ihr seyd unbändiger in euern Trieben als Venus oder diese üppigen Thiere, die mit wütender Brunst sich im Schlamme der Sinnlichkeit wälzen.

HERO.

Seyd ihr bey euch selbst, daß ihr so redet?

CLAUDIO.

Liebster Prinz, warum redet ihr nicht?

PEDRO.

Was soll ich reden? Ich stehe beschämt da, daß ich mich unwissend dazu mißbraucht habe, meinen Freund mit einer gemeinen Meze zu verkuppeln.

LEONATO.

Werden diese Dinge gesprochen, oder träum' ich nur?

CLAUDIO.

Leonato, steh ich hier? Ist diß der Prinz? Ist diß des

Prinzen Bruder? Ist dieses Gesicht der Hero ihres? Sind eure Augen euer?

LEONATO.

Was wollt ihr mit allem diesem sagen, mein Herr?

CLAUDIO.

Laßt mich nur eine einzige Frage an eure Tochter machen; und befehlt ihr mit dem Ansehn und Gewalt eines Vaters, daß sie die Wahrheit antworten soll.

LEONATO.

Ich befehle dir, wenn du mein Kind seyn willst, so zu thun.

HERO.

Gott stehe mir bey, wie stürmt alles auf mich zu! Was für eine Art von Catechismus soll das seyn?

CLAUDIO.

Antwortet auf die Frage, was euer Name sey?

HERO.

Ist es nicht Hero? Wer kan diesen Namen mit irgend einem gerechten Vorwurf beschmizen?

CLAUDIO.

Das kan Hero; Hero selbst kan Heros Tugend auslöschen. Wer war der Mann, mit dem ihr in der vergangnen Nacht, zwischen zwölfe und eins aus euerm Fenster redtet? Wenn ihr eine Jungfrau seyd, so antwortet auf diß!

HERO.

Ich redte mit niemand um diese Stunde, mein Herr.

PEDRO.

Nun, so seyd ihr keine Jungfrau. Leonato, es ist mir

leid, daß ihr diß anhören müßt; aber, bey meiner fürstlichen Ehre, ich selbst, mein Bruder, und dieser beleidigte Graf, sah sie, hörte sie in dieser verwichnen Nacht mit einem lüderlichen Kerl aus ihrem Kammerfenster reden, der, in der That, wie ein niederträchtiger Lotterbube, die schändlichen Zusammenkünfte bekennt hat, die sie wohl tausendmal in Geheim mit einander gehabt haben.

Don Juan.

Fy, fy, Gnädiger Herr, es läßt sich nicht davon reden; es giebt keine Worte, die keusch genug wären, ohne Beleidigung der Schaamhaftigkeit davon zu reden; ich bedaure also, meine schöne Dame, daß ihr eine so schlechte Aufführung nicht besser zu verbergen gewußt habt.

Claudio.

O Hero! was für eine Hero wärst du gewesen, wenn nur die Hälfte deiner auswendigen Schönheit von Gedanken und Neigungen deines Herzens zu Theil worden wäre! Aber nun fahre wohl, du schöne Häßlichkeit, du reizender Schein einer wurmstichigen Unschuld, fahre wohl! Um deinetwillen will ich alle Thüren der Liebe verrigeln, um deinetwillen soll Mißtrauen und Verdacht an meinen Augliedern hangen, und die Schönheit soll mir allemal ein Bürge einer schnöden Seele seyn.

Leonato.

Hat niemands Dolch hier eine Spize für mich?

Beatrix.

Wie, was ists, Base, warum sinkt ihr um?

DON JUAN.

Kommt, laßt uns gehn, diese unvermuthete Offenbarung ihrer Schande schlägt ihre Lebensgeister nieder.

(Don Pedro, Don Juan und Claudio gehen ab.)

*

ZWEYTE SCENE.

BENEDICT.

Was fehlt dem Fräulein?

BEATRIX.

Sie ist todt, fürcht' ich; helft, Onkel! Hero! Nun, Hero! Onkel! Signor Benedict! Pater!

LEONATO.

O Schiksal! Zieh deine schwehre Hand nicht von ihr ab! Tod ist die schönste Hülle um ihre Schande, die man wünschen kan.

BEATRIX.

Wie steht es mit euch, Base Hero?

MÖNCH.

Fasset Muth, Fräulein.

LEONATO.

Schaut sie auf?

MÖNCH.

Ja, warum sollte sie nicht?

LEONATO.

Warum? wie, ruft nicht alles um sie her ihre Schande aus? Kan sie die Geschichte hier läugnen, die in ihr Blut gedrukt ist? Lebe nicht, Hero, öffne deine Augen nicht mehr; dächt ich nicht, du würdest nicht plözlich sterben; dächt ich, deine Geister wären stärker als die Empfindung deiner Schmach, ich selbst wollte den tödtlichen Streich führen -- Klagt' ich ehmals, ich Thor, daß ich nur ein Kind habe? Klagt' ich deßhalb über den Geiz der kargen Natur? Ach! Ich habe eines zuviel an dir. Warum mußt ich dieses einzige haben? Warum warst du jemals liebenswürdig in meinen Augen? Warum hab' ich nicht statt deiner ein Bettelkind vor meiner Thür aufgehoben? Von dem ich, wenn es mit einer solchen Schande besudelt worden wäre, hätte sagen können, es ist kein Theil von mir selbst; diese Schmach stammt aus unbekannten Lenden. Aber mein eignes Kind, das ich als das meinige liebte, als das meinige anprieß, als das meinige stolz darauf war; so sehr mein, daß ich selbst weniger mein war als sie -- wie, diese -- O sie ist in einen Brunnen von Dinte gefallen, die weite See hat nicht Wassers genug sie rein zu waschen, nicht Salz genug, ihr angestektes beschmiztes Fleisch vor der Fäulniß zu bewahren.

BENEDICT.

Mein Herr, mein Herr, fasset euch; ich, für meinen Theil, bin so bestürzt, daß ich nicht weiß was ich sagen soll.

BEATRIX.

O! bey meiner Seele, man belügt meine arme Base.

BENEDICT.

Gnädiges Fräulein, waret ihr in der verwichnen Nacht ihre Bettgesellin?

BEATRIX.

Nein, in der That nicht; ob ich es gleich, diese einzige Nacht ausgenommen, seit einem ganzen Jahr allemal war.

LEONATO.

Eine neue Bestätigung! Und, o! bedarf es ihrer? Würden beyde Prinzen lügen? Würde Claudio lügen? Er, der sie so liebte, daß er, so gar da er von ihrer Schande redete, sie mit seinen Thränen wusch. Hinweg mit ihr! Laßt sie sterben.

MÖNCH.

Höret mich ein wenig, denn ich habe nur so lange geschwiegen, und diesem seltsamen Zufall seinen Lauf gelassen, weil ich das Fräulein beobachten wollte. Ich habe tausend erröthende Blize eines edeln Zorns in ihrem Gesicht auffahren gesehen; tausend unschuldige Gefühle der sich selbst bewußten Unschuld, die, in englische Weisse gekleidet, diese Schaamröthen wegtrugen; ich hab ein Feuer in ihren Augen gesehen, das die falsche Meynung wegbrannte, so diese Prinzen gegen ihre Jungfräuliche Reinigkeit gefaßt haben. Nennt mich einen Narren, glaubt niemals künftig meiner Belesenheit, noch meinen Beobachtungen, die das Siegel der Erfahrung auf meine Wissenschaft drüken; glaubt weder meinem Alter, noch meinem Stand und geistlichen Ansehn, wenn diese liebenswürdige Dame nicht schuldlos unter dem Zahn der Verläumdung leidet.

LEONATO.

Bruder, es kan nicht seyn: Du siehst, alles Gefühl von Tugend oder Pflicht, so ihr noch übrig geblieben, ist, daß sie ihre Verdammniß nicht noch durch die Sünde des Meineyds häuffen will. Sie untersteht sich nicht es zu läugnen! Warum suchst du dann eine Schande, die von ihrer eignen Naktheit überwiesen dasteht, durch Ausflüchte und Entschuldigungen zu deken?

MÖNCH.

Fräulein, wer ist dann der Mann, mit dem ihr angeklagt werdet?

HERO.

Das müssen die wissen, die mich anklagen; ich kenne keinen. Wenn ich mehr von irgend einem Manne in der Welt weiß, als was die jungfräuliche Sittsamkeit erlaubt, so mögen alle meine Sünden keine Gnade finden. O mein Vater, wenn man erweisen kan, daß irgend ein Mann, wer er sey, in verdächtigen Stunden mit mir gesprochen; oder daß ich in der gestrigen Nacht mit irgend einer Creatur Worte gewechselt, so verstoßt mich, hasset mich, martert mich zu tode.

MÖNCH.

Irgend ein seltsamer Irrthum muß die Prinzen verblenden.

BENEDICT.

Zwey von ihnen sind Männer von wahrer Ehre; und wenn ihre Klugheit in dieser Sache mißleitet worden ist, so muß es durch die Kunstgriffe Don Juan's, des Bastards, geschehen seyn, dessen Geister sich mit nichts ermüden, als Bubenstüke auszusinnen und auszuführen.

LEONATO.

Ich weiß es nicht; wenn sie die Wahrheit von ihr sagen, so sollen diese Hände ihr besudeltes Herz aus ihrem Busen reissen; aber wenn sie ihr Unrecht gethan haben, so soll der stolzeste von ihnen bald mehr davon hören. Die Zeit hat mein Blut noch nicht so aufgetroknet, noch das Alter meinen Verstand so geschwächt, noch das Glük meine Mittel so geplündert, noch mein stilles Privat-Leben mir so viele Freunde geraubt, daß sie nicht beydes Stärke des Leibes und Policey des Gemüths, zureichende Mittel und auserlesne Freunde auf meiner Seite finden sollen, mich durchaus von ihnen quitt zu machen.

MÖNCH.

Haltet ein wenig ein, und höret meinen Rath. Die Prinzen haben eure Tochter hier für todt ligen lassen; laßt sie eine zeitlang heimlich verschlossen gehalten werden, und breitet aus, daß sie würklich todt sey. Bekräftiget es durch alle Merkmale der Trauer, hänget an euer altes Familien-Grabmal kummervolle Grabschriften, und machet Anstalten zu allen Ceremonien, die zu einem Begräbniß gehören.

LEONATO.

Und wozu soll das alles dienen?

MÖNCH.

Wozu? Wenn diß alles geschikt ausgeführt wird, wird es, zu ihrer Rechtfertigung, Verleumdung in Reue verwandeln; das ist schon etwas, aber ich ziele bey einem so seltsamen Mittel nach einer grössern Absicht; da sie, (wie vorgegeben werden muß) in dem Augenblik des Todes war, da sie angeklagt wurde, so wird sie von jedermann, der es hören wird, bejammert, bedaurt und entschuldiget werden: Denn so pflegt es zu gehen; was wir haben, das schäzen wir nie so hoch als es werth ist, so lange wir's geniessen; aber sobald wir's verliehren und vermissen, dann vergrössern wir seinen Werth sogar über die Wahrheit; so wird es dem Claudio gehen. Wenn er hören wird, daß seine Beschuldigungen sie ums Leben gebracht haben: Dann wird die Idee ihres Lebens sich über seine ganze Einbildungskraft ausbreiten, jeder ihrer Reize wird sich in einem glänzendern Puz, rührender, feiner, und belebter vor seine Seele stellen, als da sie würklich lebte. Dann wird er, wenn er sie anders jemals geliebt hat, dann wird er trauern, und wünschen, daß er sie nicht angeklagt hätte; sogar in dem Falle nicht, wenn er's mit völligster Gewißheit hätte thun können. Macht es so, und zweifelt nicht, der Ausgang wird glüklicher seyn, als ich izt nach Vermuthungen vorhersagen kan. Und gesezt auch, daß alle andern Absichten fehlschlugen, so wird doch die Ueberredung, daß die junge Dame gestorben sey, das an sich schon ungläubliche Gerücht ihrer Schande tilgen; und, wenn es sich nicht besser fügt, so bleibt euch immer die Freyheit übrig, sie, wie es für ihre verwundete Ehre es am besten schikt, in der Abgeschiedenheit eines Klosters, allen Augen, Zungen, Gedanken und Beleidigungen zu entziehen.

Benedict.

Signor Leonato, gebt dem Rath des Bruders Plaz; und ob euch gleich bekannt ist, daß ich dem Prinzen und Claudio sehr ergeben bin, so schwör ich doch bey meiner Ehre, daß ich dieses Geheimniß so verschwiegen halten will, als ob es keinen andern Zeugen als euch selbst hätte.

Leonato.

In dieser Fluth von Sorgen muß ich mich an dem schwächsten Aestchen halten.

MÖNCH.

Ausserordentliche Wunden fordern ausserordentliche Curen. Nachdem ihr also eure Einwilligung gegeben habt, so wollen wir keinen Augenblik länger verziehen. Kommt, Fräulein, sterbt um zu leben; diese Hochzeit ist vielleicht nur aufgeschoben; habt Geduld und harret aus.

(Sie gehen ab.)

*

DRITTE SCENE.

Benedict und Beatrix bleiben.

BENEDICT.

Fräulein, ihr habt diese Weile über immer geweint?

BEATRIX.

Ja, und werde noch eine gute Weile länger weinen.

BENEDICT.

Das wünsch' ich nicht.

BEATRIX.

Ihr habt keine Ursache dazu, ich thue es von freyen Stüken.

BENEDICT.

In Wahrheit, ich glaube, man thut eurer schönen Base unrecht.

BEATRIX.

Ah! wie viel würde der Mann um mich verdienen, der ihr Recht verschaffen wollte!

BENEDICT.

Ist irgend ein Weg, eine solche Freundschaft zu zeigen?

BEATRIX.

Ein sehr gerader Weg, aber kein solcher Freund.

BENEDICT.

Ist es etwas, das ein Mann thun kan?

BEATRIX.

Es ist eines Mannes Geschäfte, aber nicht euers.

BENEDICT.

Ich liebe nichts in der Welt so sehr als euch; ist das nicht wunderbar?

BEATRIX.

So wunderbar als -- ich weiß nicht was; ich könnte eben so gut sagen, ich liebe nichts soviel als euch; aber glaubt es nicht; und doch lüg' ich nicht; ich bekenne nichts, und läugne auch nichts. Ich bin für meine Base bekümmert.

BENEDICT.

Bey meinem Degen, Beatrix, du liebst mich.

BEATRIX.

Schwört nicht dabey, und eßt ihn.

BENEDICT.

Ich schwöre bey meinem Degen, daß ihr mich liebt, und den will ich zwingen, daß er ihn essen soll, der sagt, ich liebe euch nicht.

BEATRIX.

Wollt ihr nicht wieder essen, was ihr da gesagt habt?

BENEDICT.

Mit keiner Brüh die dazu erdacht werden kan; ich schwöre, daß ich dich liebe.

BEATRIX.

Nun dann, Gott verzeih mir --

BENEDICT.

Was für eine Sünde, liebste Beatrix?

BEATRIX.

Ihr habt mich hier in einer glüklichen Stunde gestellt; ich war im Begriff euch zu versichern, daß ich euch liebe.

BENEDICT.

Und thue es von ganzem Herzen.

BEATRIX.

Ich liebe euch mit so viel von meinem Herzen, daß nichts übrig ist, euch dabey zu versichern.

BENEDICT.

Komm, sag mir, es sey was es wolle, was ich für dich thun soll.

BEATRIX.

Dem Claudio das Leben nehmen.

BENEDICT.

Ha! Nicht für die weite Welt.

BEATRIX.

Ihr tödtet mich durch eure Weigerung; lebt wohl --

BENEDICT.

Warte noch, liebste Beatrix.

BEATRIX.

Ich bin weg, ob ich gleich noch hier bin; ihr liebt mich nicht; nein, ich bitte euch, laßt mich gehen.

BENEDICT.

Beatrix --

BEATRIX.

Im Ernst, ich will daß man mich gehen lasse.

BENEDICT.

Wir wollen vorher Freunde seyn.

BEATRIX,

Ihr habt mehr Herz, mein Freund zu seyn, als euch mit meinem Feinde zu schlagen.

BENEDICT.

Ist Claudio dein Feind?

BEATRIX.

Hat er sich nicht im höchsten Grad als ein niederträchtiger Kerl erwiesen, der meine Base verläumdet, beschimpft und um ihre Ehre gebracht hat? O! möcht' ich ein Mann seyn! Was? Sie auf den Händen tragen, bis zu dem Augenblik, da sie einander die Hände geben sollen, und dann so öffentlich, so schmählich, auf eine so unbarmherzige Art -- O Gott! möcht' ich ein Mann seyn! Ich wollte sein Herz auf dem Marktplaz essen.

BENEDICT.

Höre mich, Beatrix --

BEATRIX.

Sie habe mit einem Mannskerl aus einem Fenster geredt -- ein feines Mährchen!

BENEDICT.

Liebste Beatrix --

BEATRIX.

Angenehmste Hero! Sie ist beleidigt, sie ist verläumdet, sie ist zu Grunde gerichtet!

BENEDICT.

Beat --

BEATRIX.

Prinzen und Grafen! Wahrhaftig, ein Prinzenmäßiges Zeugniß, ein vortreffliches Grafen-Stükchen! ein saubrer Liebhaber, wahrhaftig! O möcht' ich um seinetwillen ein Mann seyn! Oder möcht' ich wenigstens einen Freund haben, der um meinetwillen ein Mann seyn wollte! Aber Mannheit ist in Höflichkeit zerschmolzen, Tapferkeit in Complimente, und die Mannsleute sind lauter Zunge worden, und sehr glatte dazu; wer izt schwört und eins daherprahlt, ist so tapfer als Hercules; ich kan von Wünschen kein Mann werden, und also will ich als ein Weibsbild mich zu tode grämen.

BENEDICT.

Bleibe, liebe Beatrix; bey dieser Hand, ich liebe dich.

BEATRIX.

Braucht sie mir zulieb zu was besserm, als dabey zu schwören.

BENEDICT.

Seyd ihr in eurer Seele überzeugt, daß Graf Claudio der Hero Unrecht gethan habe?

BEATRIX.

Ja, so wahr als ich einen Gedanken oder eine Seele habe.

BENEDICT.

Genug, hier ist mein Wort: Ich will ihn herausfordern; laßt mich eure Hand küssen, und Adieu; bey dieser Hand, Claudio soll mir eine scharfe Rechenschaft geben; wie ihr von mir hört, so denkt von mir; geht, tröstet eure Base; ich muß sagen, daß sie todt ist, und hiemit Adieu!

(Sie gehen ab.)

*

VIERTE SCENE.

Verwandelt sich in ein Gefängniß.

Hundsloch, Spießruthe, Borachio, Conrad, der Stadtschreiber und Küster (*) in ihren Amts-Röken, treten auf.

STADTSCHREIBER.

Ist unsre ganze Disputation bey einander?

HUNDSLOCH.

O, einen Stuhl und ein Küssen für den Küster.

(*) In den Zeiten, woraus dieses Stük genommen ist, war die Gelehrsamkeit so rar, daß *Clericus* (*Clerc*) eben so viel war, als einer der schreiben und lesen kan. Das Englische Wort *Sexton*, welches nicht anders als durch Küster übersezt werden kan, bezeichnet hier eine Art von Gerichtsschreiber, der in der That der einzige vernünftige Mann bey diesem abgeschmakten Examen ist. Dr. Warburton vermuthet, daß er in der Italiänischen Novelle, woraus unser Autor das Thema zu diesem Stük genommen, *Sagristano* heisse, welches eine Gattung von *Clericis minorum ordinum* bezeichnet, und von unserm Autor durch Küster gegeben worden.

KÜSTER.

Wo sind die Maleficanten?

SPIESSRUTHE.

Sapperment, das bin ich und meine Collegia.

HUNDSLOCH.

Das ist richtig; wir haben die Inhibition, das Examen vorzunehmen.

KÜSTER.

Aber wo sind die Uebelthäter, welche examiniert werden sollen? Man führe sie vor den Herren Constable.

STADTSCHREIBER.

Ja, Sapperment, laßt sie vor mich stehen. Wie ist euer Name, Freund?

BORACHIO.

Borachio.

STADTSCHREIBER.

Ich bitte euch, schreibt auf, Borachio. Der eure, Camerad?

CONRAD.

Ich bin ein Edelmann, mein Herr, und mein Nam ist Conrad.

STADTSCHREIBER.

Schreibt nieder, Herr Edelmann Conrad; ihr Herren, dient ihr auch Gott?

BEYDE.

Ja, Herr, wir hoffen's.

STADTSCHREIBER.

Schreibt nieder, sie hoffen sie dienen Gott; und schreibt Gott zuerst, denn bewahre Gott, daß Gott nicht vor solchen Schelmen gehen sollte -- Ihr Herren, es ist bereits bewiesen, daß ihr nicht viel besser als Spizbuben seyd, und es wird nahe zu herauskommen, daß es nicht anderst ist; was habt ihr darauf zu antworten?

CONRAD.

Sapperment, ihr Herren, wir sagen, wir sind keine.

STADTSCHREIBER.

Ein miraculoser wiziger Bursche, das versichr' ich euch, aber ich will bald mit ihm fertig werden. Kommt näher, Camerad; ein Wort in euer Ohr, Herr; ich sag euch, man glaubt daß ihr Spizbuben seyd.

BORACHIO.

Und ich sage euch, Herr, daß wir keine sind.

STADTSCHREIBER.

Tretet wieder auf die Seite; bey Gott, sie reden als ob sie es mit einander abgeredt hätten; habt ihr geschrieben, daß sie keine sind?

KÜSTER.

Herr Stadtschreiber, wenn ihr examinieren wollt, so geht ihr nicht den rechten Weg, ihr müßt die Wächter hereinruffen, die ihre Ankläger sind.

STADTSCHREIBER.

Ja, Sapperment, das ist der lustigste Weg; laßt die Wache hereinkommen --

Die Wächter kommen herein.

Ihr Herren, ich befehle euch in des Prinzen Nahmen, daß ihr diese Männer anklagen sollt.

1. WÄCHTER.

Dieser Mann sagte, Herr, Don Juan, des Prinzen Bruder, sey ein Bösewicht.

STADTSCHREIBER.

Schreibt, Don Juan ein Bösewicht; wie? das ist ja platte Häresie, des Prinzen Bruder einen Bösewicht nennen.

BORACHIO.

Herr Stadtschreiber --

STADTSCHREIBER.

Ich bitte dich, Bursche, schweig; deine Mine steht mir nicht an, das versprech ich dir.

KÜSTER.

Was hörtet ihr sonst sagen?

2. WÄCHTER.

Sapperment, er habe tausend Ducaten von Don Juan empfangen, weil er Fräulein Hero fälschlich angeklagt.

STADTSCHREIBER.

Platter Hochverrath, wenn jemals einer begangen worden ist.

1. WÄCHTER.

Und Graf Claudio habe, auf seine Reden hin, sich vorgenommen, Hero vor der ganzen Versammlung zu beschimpfen und sie nicht zu heurathen.

STADTSCHREIBER.

O du Spizbube! Du wirst zu immerwährender Redemtion dafür verdammt werden.

KÜSTER.

Was noch mehr?

2. Wächter.

Das ist alles.

Küster.

Und das ist mehr, ihr Herren, als ihr läugnen könnt. Prinz Don Juan hat sich diesen Morgen heimlich hinweggemacht: Hero wurde auf diese Art angeklagt, auf eben diese Art heimgeschlagen, und starb darüber plözlich vor Betrübniß. Herr Constable, laßt diese Leute binden und zu Leonato führen; ich will voran gehen, und ihm ihre Examination zeigen.

Hundsloch.

Laßt ihnen die Arme zusammenbinden.

Küster.

Es ist genug, wenn ihnen nur die Hände gebunden werden.

(Er geht ab.)

Conrad.

Weg, Stokfisch.

Hundsloch.

Wie, wo ist der Küster? er soll aufschreiben, des Prinzen Gerichtsbeamter, ein Stokfisch. Kommt, bindet sie; du nichtswürdiger Schuft!

Conrad.

Weg, ihr seyd ein Esel, ihr seyd ein Esel --

Hundsloch.

Wie, suspectirst du mein Amt nicht? Suspectirst du mein Alter nicht? O wenn er doch hier wäre, daß er aufschreiben könnte, ich sey ein Esel! Aber, ihr Herren, erinnert euch daß ich ein Esel bin; wenn es schon nicht aufgeschrieben ist, so vergeßt es doch nicht, daß ich ein Esel bin; nein, du Raker, du bist voller Pietät, wie durch gute Zeugschaften auf dich soll erwiesen werden; ich bin immer für einen feinen Gesellen paßiert, und was noch mehr ist, ich bin ein Gerichtsbeamter, und was noch mehr ist, ein haushäbiger Mann; und was noch mehr ist, ein so hübsches Stük Fleisch als eins in Meßina, und ein Mann der die Geseze versteht; geht nur, und ein Mann, der sein Vermögen hat; geht nur, und ein Mann, der um vieles gekommen ist, und der seine zwey Kleider und alles am Leibe sauber hat; führt ihn fort -- O! wenn es nur aufgeschrieben wäre, daß ich ein Esel bin! --

(Sie gehen ab.)

*

Fünfter Aufzug.

ERSTE SCENE.

Vor Leonato's Haus.

Leonato und Antonio treten auf.

ANTONIO.

Wenn ihr so fortmacht, so werdet ihr euch selbst das Leben abkürzen; es ist nicht weislich gehandelt, die Parthey euers Kummers so gegen euch selbst zu nehmen.

LEONATO.

Ich bitte dich, keine Räthe mehr, die so fruchtlos in mein Ohr fallen als Wasser in ein Sieb; gieb mir keinen Rath, suche mich nicht zu trösten; der allein ist fähig, mir einigen Trost zu geben, dessen Unglük dem meinigen ähnlich ist. Bring mir einen Vater der sein Kind so liebte wie ich, dessen Freude an demselben auf eine solche Art vernichtet worden ist, und befiehl ihm von Geduld zu reden; laß ihn meinen Schmerz nach der Grösse des seinigen messen, jeden Umstand, jede besondere Wunde, jedes einzelne Weh gegen einander halten, und seht ihr einen solchen Mann lächeln, sich den Bart streichen, hem! ruffen, wenn er ächzen sollte, seinen Gram mit Sprüchwörtern überpflastern, und sein Unglük bey nächtlichen Gelachen berauschen; so bringt ihn zu mir, und von ihm will ich Geduld lernen. Aber es giebt keinen solchen Mann; die Leute, Bruder, haben gut rathen und trösten, wenn sie den Schmerz nicht selbst fühlen, der uns ängstigt; aber sobald sie selbst in unsern Fall kommen, so verwandelt sich ihre Weisheit in Leidenschaft; diese Weisheit, die vorher die starke Raserey mit einem seidnen Faden fesseln, den Schmerz mit Lust, und Todesqualen mit Worten bezaubern wollte. Nein, nein; dem Unglüklichen, der unter der Last seines Elends sich krümmt, Geduld zusprechen, das kan jedermann; aber so weit erstrekt sich keines Menschen Tugend noch Weisheit, so moralisch zu seyn, wenn er selbst das gleiche leidet; gebt mir also keinen Rath; meine Schmerzen schreyen lauter als eure Vorstellungen.

ANTONIO.

Der Unterschied zwischen einem Mann und einem Kind ist also in diesem Stük nicht sehr groß.

LEONATO.

Ich bitte dich, laß mich; ich verlange nicht mehr als Fleisch und Blut zu seyn; es war noch nie kein Philosoph, der das Zahnweh geduldig gelidten hätte; ob sie gleich die Sprache der Götter reden, und so gleichgültig vom Zufall und Schmerz zu schwazen wissen.

ANTONIO.

Wenigstens kehret doch nicht allen euern Gram gegen euch selbst, und laßt auch diejenigen ihren Antheil leiden, die euch so beleidiget haben.

*

ZWEYTE SCENE.

Don Pedro und Claudio kommen auf die Scene.

ANTONIO.

Hier kommt der Prinz und Claudio, in grosser Eil wie es scheint.

PEDRO.

Guten Tag, guten Tag.

CLAUDIO.

Guten Tag, meine Herren.

LEONATO.

Ein Wort, meine Herren --

PEDRO.

Wir haben zu thun, Leonato --

LEONATO.

Zu thun, Gnädigster Herr? Nun gut, so lebt wohl. Habt ihr nun so viel zu thun? Gut, es ist all eins.

PEDRO.

Nein, fange keine Händel mit uns an, guter alter Mann.

ANTONIO.

Wenn er sich selbst dadurch helfen könnte, so sollten einige von uns niedrig ligen.

CLAUDIO.

Wer beleidigt ihn?

LEONATO.

Beym Himmel! Du beleidigst mich, du Heuchler, du! O! lege deine Hand nicht an deinen Degen, ich fürchte dich nicht.

CLAUDIO.

Weh meiner Hand, wenn sie niederträchtig genug wäre, einem solchen Alter zu dräuen. In Wahrheit, diese Bewegung meiner Hand hatte keine Bedeutung.

LEONATO.

Spotte nicht, junger Mensch; ich rede nicht wie ein aberwiziger alter Mann, der unter dem Privilegio des Alters mit den Thaten seiner Jugend prahlt, oder mit dem was er thun wollte, wenn er nicht alt wäre. Wisse, Claudio, daß du mein Kind und mich so beleidigt hast daß ich gezwungen bin, die Vorrechte meiner Jahre bey Seite zu legen, und mit grauen Haaren dich heraus zu fodern. Ich sage, du hast auf mein unschuldiges Kind gelogen, deine Lästerung hat ihr Herz durchbort, und nun ligt sie bey ihren Voreltern begraben, o! in einem Grab, wo nie die Schande schlief ausser die ihrige, das Werk deiner niederträchtigen Bosheit.

CLAUDIO.

Meiner niederträchtigen Bosheit?

LEONATO.

Ja, der deinigen, Claudio; der deinigen, sag' ich.

PEDRO.

Ihr sagt nicht recht, alter Mann.

LEONATO.

Gnädigster Herr, ich will es auf seinen Kopf beweisen, wenn er das Herz hat, troz seiner Jugend, Stärke und Geschiklichkeit in den Waffen.

CLAUDIO.

Weg, ich will nichts mit euch zu thun haben.

LEONATO.

Kanst du mich so abweisen? Du hast mein Kind umgebracht; wenn du mich tödtest, Knabe, so tödtest du einen Mann.

ANTONIO.

Er muß zween von uns tödten, und er soll erfahren, daß er Männer vor sich hat. Aber sorget nicht dafür, laßt ihn erst einen tödten. Ich nehm es auf mich; er soll mir antworten. Komm, folge mir, komm, Junge, folge mir; Herr Junge, ich will dich von deiner Fuchtel wegpeitschen, so wahr ich ein Edelmann bin, ich will.

LEONATO.

Bruder --

ANTONIO.

Seyd ruhig; Gott weiß, ich liebte meine Nichte, und sie ist todt, von hundsfüttischen Kerlen zu tod gelästert, die gerade soviel Herz haben, einem Mann zu antworten, als ich, eine Schlange bey der Zunge zu nehmen, Buben, Affen, Prahler, Geken, Milchsuppen!

LEONATO.

Bruder Anton --

ANTONIO.

Seyd ruhig; wie, Mann? ich weiß wie gewichtig sie sind, wahrhaftig, bis auf den lezten Gran. Lüderliche, unverschämte, modenkrämerische Jungens, die lügen, und schwänzeln und spotten und lästern, grosse Schritte nehmen und eisenfresserische Gesichter machen, und mit einem halben duzend gefährlicher Wörter um sich werfen, wie sie's ihren Feinden machen wollten, wenn sie das Herz hätten, und das ist alles.

LEONATO.

Aber, Bruder Anton --

ANTONIO.

Kommt, kommt; das hat nichts auf sich; mischt euch nicht darein, laßt mich's ausmachen.

PEDRO.

Ihr Herren, beyde, wir wollen eure Geduld nicht reizen. Der Tod eurer Tochter geht mir sehr zu Herzen; aber bey meiner Ehre, sie wurde nichts beschuldiget, als was wahr und überflüßig bewiesen war.

LEONATO.

Gnädigster Herr, --

PEDRO.

Ich will nichts mehr hören.

LEONATO.

Nichts? Kommt, Bruder, weg, ich will gehört seyn.

ANTONIO.

Sie sollen, oder es soll aus einem andern Ton gehen.

(Leonato und Antonio gehen ab.)

*

DRITTE SCENE.

Benedict zu den Vorigen.

PEDRO.

Seht, da kommt der Mann, den wir suchten.

CLAUDIO.

Nun, mein Herr, was giebt's neues?

BENEDICT.

Guten Tag, Gnädigster Herr.

PEDRO.

Willkommen, Signor; ihr wäret beynahe zu einem Scharmüzel gekommen.

CLAUDIO.

Es fehlte wenig, so wären uns unsre Nasen von einem paar alten Männern ohne Zähne abgebissen worden.

PEDRO.

Leonato und sein Bruder; was denkst du davon? Ich zweifle, ob wir zu jung für sie gewesen wären, wenn es zum Gefecht gekommen wäre.

BENEDICT.

Bey einer schlimmen Sache kan keine wahre Tapferkeit seyn: Ich kam, euch beyde zu suchen.

CLAUDIO.

Und wir suchen dich schon allenthalben; denn wir sind ganz entsezlich melancholisch, und hätten gerne, daß uns jemand aufgeräumt machte: Willt du uns mit deinem Wiz behülflich seyn?

BENEDICT.

Mein Wiz stekt in meiner Scheide; soll ich ihn ziehen?

PEDRO.

Trägst du deinen Wiz an der Seite? -- So wahr ich ehrlich bin, er sieht blaß aus; bist du krank oder hast du Verdruß gehabt?

CLAUDIO.

Wie, herzhaft, Mann; was ist es mehr, wenn der Kummer ein Kaze umgebracht hat? Du hast Herz genug im Leibe, um einen solchen Kummer zu tödten.

BENEDICT.

Herr, ich will mit euerm Wiz auf dem Rennplaz zusammen kommen, wenn ihr ihn gegen mich losdrüken wollt -- ich bitte euch, wählt eine andre Materie zum Gespräch.

PEDRO.

Bey diesem Tags-Licht, er verändert sich je länger je mehr; ich denk in der That, er ist böse.

CLAUDIO.

Wenn ers ist, so weiß er wie er seinen Gürtel schnallen muß.

(Er spricht heimlich was zu ihm.)

BENEDICT.

Kan ich euch ein Wort ins Ohr sagen?

CLAUDIO.

Gott behüte mich vor einer Ausforderung.

BENEDICT.

Ihr seyd ein schlechter Kerl; ich spasse nicht. Ich will es beweisen, wie ihr wollt, womit ihr wollt, und wenn ihr wollt. Gebt mir Genugthüung, oder ich will ausposaunen lassen, daß ihr eine Memme seyd. Ihr habt eine liebenswürdige Dame ums Leben gebracht, und ihr Tod soll schwer auf euch fallen. Laßt mich eure Antwort wissen.

CLAUDIO.

Gut, ich will erscheinen, wenn die Mahlzeit der Mühe werth ist.

PEDRO.

Wie? ist es um einen Schmaus zu thun?

CLAUDIO.

In der That, ich dank' ihm; er hat mich auf einen Kalbskopf und einen Capaunen eingeladen, und wenn ich sie nicht bis auf die Knochen abnage, so sagt, mein Messer tauge nichts. Soll ich nicht noch eine Schnepfe dazu suchen?

BENEDICT.

Herr, euer Wiz geht einen guten Zelters-Paß; er geht leicht.

PEDRO.

Ich will dir sagen, wie rühmlich Beatrix lezthin von deinem Wiz sprach: Ich sagte, du hättest einen feinen Wiz; richtig, sagte sie, einen feinen kleinen; nein, sagt' ich, einen grossen Wiz; das meyn ich eben, sagte sie, einen grossen diken; nein, sagt' ich, einen guten Wiz; recht, sagte sie, er stoßt niemand; nein, sagt ich, der Edelmann ist weise; das ist gewiß, sagte sie, ein weiser Edelmann; und was noch mehr ist, sagt' ich, er redt mit Zungen; das glaub ich, sagte sie, denn er schwur mir Montag abends etwas zu, das er Dienstag Morgens wieder verschwur; hier ist eine doppelte Zunge, hier sind zwo Zungen. So zerlegte sie eine ganze Stunde lang alle deine besondern Tugenden, und machte zulezt mit einem Seufzer den Schluß, du seyest der artigste Mann in ganz Italien.

CLAUDIO.

Und weinte die hellen Zähren dazu, und versicherte, sie bekümmre sich nichts darum.

PEDRO.

Ja, das that sie; und doch ist bey alle dem soviel richtig, daß sie ihn herzlich lieben würde, wenn sie ihn nicht tödlich haßte: des alten Manns Tochter sagte uns alles.

CLAUDIO.

Alles, alles; und überdas, sah ihn Gott, wie er sich im Garten verstekte.

PEDRO.

Und wenn sollen wir denn des wilden Ochsens Hörner auf des zärtlichen Benedicts Stirne sehen?

CLAUDIO.

Und darunter schreiben: hier wohnt Benedict, der Ehmann?

BENEDICT.

Lebt wohl, Junge, ihr wißt meine Gesinnung; ich will euch izt euerm poßierlichen Humor überlassen -- Gnädigster Herr, ich danke euch für alle eure Gütigkeiten; ich muß mich eurer Gesellschaft berauben; euer Bruder der Bastard ist aus Meßina entflohen; ihr habt eine liebenswürdige und unschuldige junge Dame mit einander ums Leben gebracht. Was den Herr Ohne-Bart hier betrift, so weiß er, wo er und ich einander sprechen wollen; bis dahin adieu!

(Benedict geht ab.)

PEDRO.

Es ist sein Ernst.

CLAUDIO.

Höchster Ernst, und ich wollte wetten, alles, der Beatrix zu liebe.

PEDRO.

Er hat dich also herausgefordert?

CLAUDIO.

Mit der grösten Feyrlichkeit.

PEDRO.

Was für ein artiges Ding ein Mann ist, der in seinem Wamms und paar Hosen davon geht, und seinen Verstand dahinten läßt!

*

VIERTE SCENE.

Hundsloch, Spießruthe, Conrad und Borachio mit einer Wache, treten auf.

PEDRO.

Aber sachte, wie, laßt mich sehen, -- sagte er nicht, mein Bruder habe sich davon gemacht?

HUNDSLOCH.

Kommt ihr, Herr, wenn die Justiz euch nicht zahm machen kan, so soll sie ihr Handwerk und ihre Wage aufgeben --

PEDRO.

Was giebts hier; zween von meines Bruders Leuten gebunden? einer davon, Borachio?

CLAUDIO.

Wollen wir uns nicht erkundigen, was sie gethan haben?

Pedro.

Gerichts-Beamte, was haben diese Männer gethan?

Hundsloch.

Sapperment, Herr, sie haben falschen Rapport begangen; ferner, sie haben Unwahrheiten gesagt; zweytens, sind sie Calumnianten; sechstens und leztens haben sie über eine Dame gelogen; drittens haben sie unrichtige Dinge verificiert, und schließlich sind sie lügenhafte Spizbuben.

Pedro.

Erstlich, frag ich dich, was sie gethan haben; drittens frag ich dich, worinn ihr Verbrechen besteht; sechstens und leztens, warum sie ins Gefängniß geschikt werden; und schließlich, was ihr ihnen zur Last legt?

Claudio.

Das heiß ich, einem seine Meynung begreiflich machen!

Pedro.

Was habt ihr böses gethan, ihr Herren, daß ihr so gebunden geführt werdet? Dieser gelehrte Constabel hier ist zu scharfsinnig, als daß man ihn verstehen könnte: Worinn besteht euer Verbrechen?

Borachio.

Gnädigster Herr, gestattet nicht, daß ich weiter zur Verhör geführt werde; hört mich an, und laßt mich von Claudio's Hand sterben. Ich habe eure Augen selbst betrogen; was eure Weisheit nicht entdeken konnte, haben diese schaalen Thoren ans Licht gebracht, die mich bey nächtlicher Weile gehört haben, als ich diesem Mann erzählte, wie Don Juan, euer Bruder, mich aufgemuntert, das Fräulein Hero zu lästern; wie ihr heimlich in den Garten geführt worden, und gesehen, daß ich Margrethen in Hero's Kleidern den Hof machte; und wie ihr, da die Ceremonie vor sich gehen sollte, sie beschimpft -- Diese meine schändliche That haben sie in einem gerichtlichen Protocoll, und ich wollt' es lieber mit meinem Tode besiegeln, als es zu meiner Schande ablesen hören; die Dame ist durch meine und meines Herrn falsche Anklage ums Leben gekommen; und kurz, ich verlange nichts anders als den Lohn eines Bösewichts.

Pedro.

Rennt diese Rede nicht wie ein mördrisches Eisen in euer Herz?

Claudio.

Ich habe Gift getrunken, während daß er sprach.

Pedro.

Und mein Bruder stiftete dich hiezu auf?

Borachio.

Ja, und bezahlte mich reichlich für die Ausführung.

Pedro.

Er ist aus Verrätherey zusammengesezt -- und wie er merkte, daß die Schandthat auskommen würde, ist er entflohen.

Claudio.

Liebste Hero! Nun erscheint mir dein Bild wieder in der bezaubernden Gestalt, die beym ersten Anblik mein Herz entführte.

Hundsloch.

Kommt, führt die Denuncianten weiter; unser Küster wird den Signor Leonato bereits von der Sache reformiert haben; und, ihr Herren, vergeßt nicht, bey Zeit und Gelegenheit, zu specificieren, daß ich ein Esel bin.

SPIESSRUTHE.

Hier, hier kommt Herr Signor Leonato, und der Küster darzu.

*

FÜNFTE SCENE.

Leonato und der Küster zu den Vorigen.

LEONATO.

Wo ist der Bösewicht? Laßt mich ihm in die Augen sehen, damit, wenn ich einen andern Menschen sehe, der ihm gleich sieht, ich mich vor ihm hüten könne. Wer unter diesen ist's?

BORACHIO.

Wenn ihr euern Beleidiger kennen wollt, so seht mich an.

LEONATO.

Bist du, bist du der Sclave, der mit seinem Athem mein unschuldiges Kind getödtet hat?

BORACHIO.

Ja, ich allein.

LEONATO.

Nein, nicht so, Bösewicht; du lügst über dich selbst; hier steh'n ein paar ehrenvolle Männer, und der dritte, der Hand dabey hatte, hat sich davon gemacht. Ich danke euch, Prinzen, für meiner Tochter Tod; zeichnet es zu euern andern erhabnen und preißwürdigen Thaten auf; es war eine edle That, wenn ihr's wol überlegen wollt.

CLAUDIO.

Ich weiß nicht, wie ich euch um Geduld bitten soll, und doch muß ich reden; wählet euch selbst eine Rache, leget mir für meine Sünde, welche Straffe ihr nur erdenken könnt, auf; und doch sündigte ich bloß aus Irrthum.

PEDRO.

Bey meiner Seele, und ich; und doch, diesem guten alten Mann Genugthüung zu geben, will ich mich unter die schwerste Last beugen, die er mir auflegen will.

LEONATO.

Ihr könnet meine Tochter nicht wieder lebendig machen, daß ist unmöglich; aber ich bitte euch beyde, macht es dem ganzen Meßina kund, wie unschuldig sie starb; und, wenn ihr Liebe genug zu einer so traurigen Arbeit habt, so hängt eine Aufschrift die ihre Ehre rechtfertigte, an ihr Grabmal, und singt sie ihren Gebeinen; singt sie diese Nacht; und morgen früh kommt in mein Haus, und da ihr nun nicht mehr mein Tochtermann seyn könnt, so seyd wenigstens mein Neffe; mein Bruder hat eine Tochter, die das wahre Ebenbild meines verstorbnen Kindes ist, und sie ist nun die einzige Erbin von uns beyden; übertragt ihr das Recht, das ihr ihrer Base hättet geben sollen, und das soll der Tod meiner Rache seyn.

CLAUDIO.

O großmüthiger Mann! Das Uebermaaß eurer Güte preßt mir Thränen aus. Ich nehme euer Anerbieten an, und schaltet von nun an nach euerm Belieben mit dem armen Claudio.

LEONATO.

Ich erwarte euch also auf morgen, und nehme auf diese Nacht Abschied. Dieser nichtswürdige Mann soll Margrethen Stirne gegen Stirne entgegen gestellt werden, die, wie ich vermuthe, gleichfalls von euerm Bruder bestochen, und in diese Uebelthat verwikelt war.

BORACHIO.

Nein, auf meine Seele, das war sie nicht; sie wußte nicht einmal was sie that, da sie mit mir sprach; ich habe sie nie anders als tugendhaft, und ihrer Herrschaft getreu befunden.

HUNDSLOCH.

Anbey ist auch anzuzeigen, Herr, ob es gleich, in der That, nicht auf weiß und schwarz ist, daß dieser Denunciant hier, der Beklagte, mich einen Esel hieß; ich bitte euch, daß man bey seiner Bestraffung Inflexion darauf mache; benebens hörte ihn die Wache auch von einem gewissen Fasson reden; sie sagen, er trägt einen Schlüssel in seinem Ohr und eine Haarloke die darin hängt, (*) und er entlehnt Geld um Gottes willen, und treibt das schon so lange, und bezahlt nichts, daß die Leute nunmehr hartherzig werden, und nichts mehr um Gottes willen leihen wollen. Ich bitte euch, examiniert ihn über diesen Punkt.

LEONATO.

Ich danke dir für deine Sorgfalt, hier ist was für deine Mühe --

(*) Eine Anspielung auf eine lächerliche Mode der *Petitsmaitres* in Shakespears Zeiten.

(Hundsloch führt sich nach vielen abgeschmakten Danksagungen und Complimenten mit Nachbar Spießruthe ab.)

LEONATO.

Lebet also wohl bis morgen früh, meine Herren.

ANTONIO.

Lebet wohl, meine Herren; wir erwarten euch auf morgen.

PEDRO.

Wir wollen nicht ausbleiben.

CLAUDIO.

Diese Nacht will ich mit Hero durchtrauren.

LEONATO.

Führt diese Gesellen hinein, wir wollen von Margrethen erfragen, wie sie mit diesem schändlichen Bursche bekannt worden ist.

(Sie gehen auf verschiedenen Seiten ab.)

*

SECHSTE SCENE.

Leonatos Haus.

Benedict und Margarethe treten auf.

BENEDICT.

Ich bitte dich, meine liebe Jungfer Margrethchen, mache dir ein Verdienst um mich, und hilf mir dazu, daß ich mit Fräulein Beatrix reden könne.

MARGARETHE.

Wollt ihr mir davor ein Sonnet zum Lob meiner Schönheit machen?

BENEDICT.

In einer so erhabnen Schreibart, Margrethe, daß keine lebendige Seele damit soll fertig werden können.

MARGARETHE.

Gut, ich will sie herrufen. (*)

*

SIEBENDE SCENE.

Beatrix tritt auf.

BENEDICT.

Schönste Beatrix, willt du kommen, wenn ich dir ruffe?

BEATRIX.

Ja mein Herr, und wieder gehen, wenn ihr mich's heißt.

BENEDICT.

O! so bleibe nur bis dann.

(*) Man muß hier sowol einige zweydeutige Scherze, wozu Jungfer Gretchen Anlas giebt, als einen kleinen Monolog des Sr. Benedict, worinn er über seine Liebe mit sich selbst lustig macht, auslassen, weil es unmöglich, sie in irgend eine Sprache zu übersezen.

Beatrix.

Dann, ist gesprochen; also lebt wohl, und doch eh ich geh möcht ich das von euch wissen, weßwegen ich gekommen bin; nehmlich was zwischen euch und Claudio vorgegangen ist.

Benedict.

Nichts als böse Worte (*), und dafür will ich dich küssen.

Beatrix.

Faule Worte sind nichts als fauler Wind, und fauler Wind ist fauler Athem, und fauler Athem ist ungesund; also will ich ungeküßt wieder gehen.

Benedict.

Du hast das Wort aus seinem echten Sinn herausgeschrekt, so gewaltig ist dein Wiz. Aber ich muß dir in guter Prosa sagen, daß Claudio meine Ausforderung angenommen hat; und also muß ich entweder nächstens was von ihm hören, oder ich will's ihm schriftlich und besigelt geben, daß er eine Memme ist. Und nun bitt ich dich in welche von meinen schlimmen Eigenschaften wurdest du zuerst verliebt?

Beatrix.

In alle zusammen; die einen so wohlpolicierten Staat von Fehlern ausmachen, daß sie keiner guten Eigenschaft erlauben, sich unter sie zu mischen; und für welche von meinen guten Eigenschaften erlidtet ihr zuerst diese Liebespein?

Benedict.

Du gibest der Sache den rechten Namen; in der That,

(*) *Foul Words*, ein Wortspiel, mit dem Doppelsinn des Worts *foul*.

bin ich ein Martyrer der Liebe, weil ich dich wider meinen Willen liebe.

BEATRIX.

Troz euerm Herzen, denk' ich! Armes Herz! Wenn ihr es mir zu lieb quält, so will ich es euch zu lieb quälen; denn ich werde niemals lieben, was mein Freund haßt.

BENEDICT.

Du und ich sind zu weise, um friedlich um einander zu freyen.

BEATRIX.

Es scheint nicht aus dieser Rede: es ist nicht ein einziger weiser Mann unter zwanzigen, die sich selbst loben.

BENEDICT.

Ein altes, altes Sprüchelgen, Beatrix, das in der Zeit der guten Nachbarn gelten mochte. Heutigs Tags wenn sich einer sein Grabmal nicht selbst aufrichtet eh er stirbt, so lebt sein Gedächtniß gewiß nicht länger als die Gloke schallt, und die Wittwe weint.

BEATRIX.

Und wie lang meynt ihr, daß das ist?

BENEDICT.

Was für eine Frage das ist? Eine Stunde, Geläut, und eine Viertelstunde, Thränen; folglich ist es für einen weisen Mann das sicherste, wenn anders Don Wurm, sein Gewissen, nichts dagegen einzuwenden hat, die Trompete seiner eignen Tugenden zu seyn, wie ich es von den meinigen bin; soviel von meinem Eigenlob -- und nun sagt mir, wie steht es um eure Base?

BEATRIX.

Sehr schlecht.

BENEDICT.

Und um euch?

BEATRIX.

Auch sehr schlecht.

BENEDICT.

Betet fleißig, liebt mich und bessert euch; und hiemit will ich euch adieu sagen, denn hier kommt eine in gröster Eil.

Ursula zu den Vorigen.

URSULA.

Gnädiges Fräulein, ihr sollt zu euerm Onkel kommen; es sind wichtige Dinge vorgegangen: Es hat sich erwiesen, daß meine Gn. Fräulein Hero fälschlich angeklagt, und der Prinz und Claudio entsezlich betrogen worden sind; Don Juan, der sich aus dem Staub gemacht hat, ist der Urheber von allem: Wollt ihr nicht augenbliklich kommen?

BEATRIX.

Wollt ihr mit mir gehen, mein Herr?

BENEDICT.

Ich will in deinen Augen leben, in deinem Schooß sterben, und in deinem Herzen begraben werden; und überdas alles, will ich izt mit dir zu deinem Onkel gehen.

(Sie gehen ab.)

*

ACHTE SCENE.

Claudio besucht das Grabmal der Hero, und läßt ihrem Andenken zu Ehren eine Trauermusik machen, wobey gesungen wird.

*

NEUNTE SCENE.

Verwandelt sich in Leonato's Haus.

Leonato, Benedict, Margrethe, Ursula, Antonio, der Franciscaner-Mönch und Hero.

MÖNCH.

Sagt' ich euch nicht, sie sey unschuldig?

LEONATO.

Das ist auch der Prinz und Claudio, die sie anklagten, nachdem sie selbst, wie ihr schon vernommen habt, hintergangen worden.

ANTONIO.

Gut, ich bin froh, daß alles einen so guten Ausgang nimmt.

BENEDICT.

Das bin ich auch; um so mehr, da ich sonst durch mein gegebenes Wort gebunden gewesen wäre, den jungen Claudio zur Rechenschaft zu ziehen.

LEONATO.

Meine Tochter, und ihr Frauenzimmer allerseits, begebt euch in ein eignes Zimmer, und wenn ich euch holen lasse, so kommt maskiert hierher; der Prinz und

Claudio versprachen mich um diese Zeit zu besuchen; ihr wißt euer Amt, Bruder, ihr müßt den Vater von eurer Nichte vorstellen, und sie dem Claudio geben.

(Die Frauenzimmer gehen ab.)

ANTONIO.

Ich will meine Rolle spielen, wie es sich gehört.

BENEDICT.

Ehrwürdiger Herr, ich werde euch bemühen müssen, denk' ich.

MÖNCH.

Womit, mein Herr?

BENEDICT.

Mich zu binden oder zu lösen, eins von beyden. Signor Leonato, es hat seine Richtigkeit, daß mich eure Nichte mit günstigen Augen ansieht --

LEONATO.

Es ist eben so richtig, daß ihr meine Tochter diese Augen geliehen hat.

BENEDICT.

Und ich erwiedre sie mit Augen der Liebe.

LEONATO.

Die, soviel mir bekannt ist, von dem Prinzen, von Claudio und von mir sehend gemacht worden sind; und was ist nun euer Wille?

BENEDICT.

Eure Antwort, mein Herr, ist räthselhaft; aber was meinen Willen betrift, so ist mein Wille kein andrer, als daß es euer guter Wille seyn möge, an diesem nemlichen Tag ein Eh-Paar aus uns zu machen, wozu ich die Hülfe dieses guten Paters mir ausbitte.

LEONATO.

Meine Einwilligung ist euch von Herzen gern bewilliget.

MÖNCH.

Und meine Hülfe auch.

*

ZEHNTE SCENE.

Don Pedro und Claudio, mit ihrem Gefolge.

PEDRO.

Ich wünsche dieser ganzen edeln Gesellschaft einen guten Morgen.

LEONATO.

Guten Morgen, Prinz; guten Morgen, Claudio; wir warteten hier auf euch; seyd ihr noch entschlossen, Claudio, heute meines Bruders Tochter zu heurathen?

CLAUDIO.

Ich bleibe bey meiner Entschliessung, und wenn sie eine Mohrin wäre.

LEONATO.

So hohlet sie herbey, Bruder, dieser geistliche Herr ist schon da.

PEDRO.

Guten Tag, Benedict: wie? warum habt ihr ein solches Hornungs-Gesicht, so voller Frost, Sturm und Wolken?

CLAUDIO.

Ich denke, er denkt an den wilden Ochsen; aber fürchte nichts, Mann, wir wollen deine Hörner in Gold einfassen, und so soll ganz Europa Freude an deinem Anblik haben; wie Europa ehmals an dem verliebten Jupiter, da ihn die Gewalt der Liebe zwang, den Stier zu machen.

BENEDICT.

Stier Jupiter, mein Herr, hatte ein anmuthiges Gebrüll; und irgend ein Stier von seiner Art besprang euers Vaters Kuh, und zeugte ein Kalb, dem ihr ungemein ähnlich seyd, denn ihr habt vollkommen sein Geblök.

*

EILFTE SCENE.

Antonio mit Hero, Beatrix, Margareth und Ursula in Masken zu den Vorigen.

CLAUDIO *(zu Benedict.)*

Für diß muß ich euer Schuldner bleiben, denn hier kommt eine andre Rechnung. Welche von diesen ist die Dame, die ich mir zueignen soll?

ANTONIO.

Diese hier ist's, und ich gebe sie euch.

CLAUDIO.

Nun dann, so ist sie mein; meine Liebe, laßt mich euer Gesicht sehen.

LEONATO.

Nein, das sollt ihr nicht, bis ihr ihre Hand nehmt, und

vor diesem Ordens-Mann angelobt, daß ihr sie heurathen wollt.

CLAUDIO.

Gebt mir eure Hand; und vor diesem heiligen Manne schwör ich, daß ich euer Ehgemahl seyn will, wenn ich euch gefalle.

HERO, *indem sie die Maske abnimmt.*

Als ich lebte, war ich euer erstes Weib; und als ihr mich liebtet, wart ihr mein erster Mann.

CLAUDIO.

Eine andre Hero?

HERO.

Nichts gewissers. Eine Hero starb durch Verläumdung, aber ich lebe; und wahrlich! so wahr ich lebe, bin ich eine Jungfrau.

PEDRO.

Die erste Hero! Hero, die gestorben war!

LEONATO.

Gnädigster Herr, sie war nur todt, so lang ihre Verläumdung lebte.

MÖNCH.

Alles dieses Erstaunen kan ich am besten heben. Wenn die heiligen Gebräuche geendigt seyn werden, will ich das Räthsel von der schönen Hero Tod umständlich auflösen; bis dahin laßt eure Verwunderung die Sache für bekannt annehmen, und folget mir in die Capelle.

BENEDICT.

Sachte, sachte, Herr Pater. Welche ist Beatrix?

BEATRIX.
Ich geb' auf diesen Namen Antwort; was wollt ihr?

BENEDICT.
Liebt ihr mich nicht?

BEATRIX.
Ich? nein, nicht mehr als recht ist.

BENEDICT.
Also haben sich euer Onkel, der Prinz und Claudio betrogen; sie schwuren, ihr liebet mich.

BEATRIX.
Liebt ihr mich nicht?

BENEDICT.
Wahrhaftig, nein; nicht mehr als recht ist.

BEATRIX.
Also haben sich meine Base, Margrethe und Ursula betrogen; denn sie schwuren, ihr liebet mich.

BENEDICT.
Sie schwuren, ihr wäret ganz krank um meinetwillen.

BEATRIX.
Sie schwuren, ihr wäret aus Liebe zu mir dem Tode nah.

BENEDICT.
Das hat nichts zu sagen; ihr liebt mich also nicht?

BEATRIX.
Nein, wahrhaftig, als aus Dankbarkeit.

LEONATO.
Kommt, Base, und bekennt; ich bin gewiß, daß ihr ihn liebt.

CLAUDIO.

Und ich will darauf schwören, daß er sie liebt: denn hier ist ein Papier, worauf er mit eigner Hand und aus seinem eignen feinen Gehirn, ein hinkendes Sonnet auf Fräulein Beatrix geschrieben hat.

HERO.

Und hier ist ein andres, von meiner Base Hand, und aus ihrer Tasche gestohlen, das ihre Neigung zu Signor Benedicten bezeugen kan.

BENEDICT.

Mirakel! hier ist unsre eigne Handschrift gegen unsre Herzen; komm, ich will dich haben; aber, bey diesem Sonnenlicht, ich nehme dich bloß aus Mitleiden.

BEATRIX.

Ich will euch nicht ausschlagen; aber bey diesem schönen Tag, ich ergebe mich bloß auf das Zureden meiner Freunde, und zum Theil, euer Leben zu retten; denn man sagte mir, ihr zehrtet würklich aus.

BENEDICT.

Still, oder ich verstopfe dir den Mund.

(Er küßt sie.)

PEDRO.

Wie steht's, Benedict, der Ehmann?

BENEDICT.

Ich will dir was sagen, Prinz; ein ganzes Collegium von Wiz-Aufknakern kan mich nicht aus meinem Humor spotten; meynst du, ich frage was nach einer Satyre, oder nach einem Epigramma? Nein; wenn dergleichen Spöttereyen Fleken gäben, so würde ein ehrlicher Mann vom Kopf bis auf den Fuß nichts saubers an sich haben. Kurz, da ich mir nun einmal vorgenommen habe zu heurathen, so denk ich gar nichts zu allem, was die Leute dagegen sagen können; spottet also nicht über mich, wegen dessen was ich selbst ehdem dagegen gesagt habe; denn ein Mensch ist ein schwindlichtes, veränderliches Ding, und damit ist's aus. Was dich betrift, Claudio, so hoffte ich dich abzupläuen; da es aber das Ansehen hat, daß wir Vettern werden sollen, so leb' unangefochten, und liebe meine Base.

CLAUDIO.

Ich hatte mir Hoffnung gemacht, du würdest meine Base Beatrix ausschlagen, damit ich dich aus deinem ledigen Stand hätte hinausprügeln können; da du dich aber so gut darein ergeben hast, so mag nun meine Base selbst zusehen, wie sie dich in die Ordnung gewöhnen kan.

BENEDICT.

Komm, komm, wir wollen Freunde seyn; wollen wir nicht einen Tanz machen; damit wir leichtere Herzen kriegen, und unsre Weiber leichtere Füsse?

LEONATO.

Wir wollen den Tanz hernach haben.

BENEDICT.

Vorher, auf mein Wort; also, Musik! Prinz, du bist schwermüthig; nimm ein Weib, nimm ein Weib; es ist kein ehrwürdigerer Stab, als der mit Horn beschlagen ist.

Ein Bedienter tritt auf.

BEDIENTER.

Gnädigster Herr, Euer Bruder Don Juan ist auf der Flucht eingehohlt, und unter einer Bedekung von Soldaten nach Meßina gebracht worden.

BENEDICT.

Denke nicht bis morgen an ihn; und ich will dir dann brave Straffen für ihn an die Hand geben -- Geiger, macht auf.

(Ein Tanz,) exeunt omnes.

*

EDITORISCHER ANHANG.

VORBEMERKUNG

Der Text dieser Ausgabe folgt in Orthographie und Zeichensetzung dem Erstdruck in *Shakespear Theatralische Werke. Aus dem Englischen übersezt von Herrn Wieland. VI. Band. Zürich bey Orell, Geßner, und Comp. 1765.*

Für die Einzelanmerkungen zu unserer Neuausgabe wurden in der Hauptsache die im nachfolgenden Literaturverzeichnis enthaltenen Werke herangezogen. Die dabei aufgeführten *Works of Shakespear* in der Ausgabe von Pope und Warburton 1747 sowie das *Dictionnaire Royal* von Abel Boyer dienten Wieland nach seinen eigenen Angaben als Grundlagen seiner Übertragung. Bei dem von ihm ebenfalls genannten *kleinen Wörterbuche über Shakespeare's Wörter und Phrasen* handelt es sich, dem Titel nach zu schließen, möglicherweise um den Anhang zu Band 8 von Warburtons Ausgabe, *A Glossary, explaining the obsolete and difficult Words.* Weiterhin hat Wieland das 1761 erschienene Wörterbuch von Bailey/Arnold benützt sowie mindestens stellenweise auch Samuel Johnsons *Dictionary.*[1]

Warburtons zahlreiche Fußnoten – von Pope stammen nur wenige – hat Wieland zu einem kleinen Teil übernommen, entweder in wörtlicher Übersetzung oder in einer kurzen Zusammenfassung des ihm wesentlich Erscheinenden. Gelegentlich hat er auch eigene Bemerkungen hinzugefügt. Wenn bei einer Fußnote nicht sowieso schon aus dem Wortlaut hervorgeht, wer ihr Verfasser ist, so wird er in unseren *Notizen zum Text* genannt.

---

1 Nähere Angaben in der *Vorbemerkung* zu Band 11, *Die Irrungen,* unserer Ausgabe.

Ernst Stadlers Untersuchungen (in der Monographie 1910 sowie in den Erläuterungen zu AA) stellen eine immer noch unverzichtbare und dankbar benützte Vorarbeit dar; seine Aussagen müssen jedoch stets kritisch überprüft werden und erweisen sich nicht selten als revisionsbedürftig.

Die englischen Shakespeare-Zitate in den *Notizen* und die Verweisungen auf den englischen Text richten sich in Wortlaut und Zählung nach *The Arden Shakespeare*. Die Ausgabe von Pope-Warburton weicht aus zwei Gründen gelegentlich leicht davon ab: einmal weil ihr eine andere Textüberlieferung zugrunde liegt, zum andern weil Warburton an Stellen, die er für verfälscht hielt, seine eigenen Vorstellungen einbrachte. Wieland übernahm meist diese Änderungen, folgte ab und zu jedoch auch seinem eigenen, abweichenden Urteil. Auf beide Möglichkeiten wird in den *Notizen zum Text* anhand ausgewählter Beispiele hingewiesen, in jedem Falle dann, wenn sie für Wielands Übertragung von Belang waren.

Wielands Szeneneinteilung entspricht nicht der heute üblichen, sondern folgt der von Pope-Warburton.

Betonungen im Sprechtext, die das Original durch Fettdruck kennzeichnet, werden in unserer Neuausgabe durch Kursiv wiedergegeben. Regieanweisungen, im Original nicht immer konsequent behandelt, werden bei uns durchgehend in kleinerer Kursive gebracht, ebenso die in einigen Stücken anzutreffenden Inhaltsangaben einzelner Aufzüge oder Szenen. Vereinzelte Hervorhebungen sind dann dort in gerader Schrift gehalten.

Näher erläutert sind die Prinzipien, durch welche sich die Herausgeber bei der Textgestaltung und den Anmerkungen leiten ließen, im Abschnitt *Zur Neuausgabe von Wielands Shakespeare* in Band 1 unserer Ausgabe.

LITERATURVERZEICHNIS

AA = *Wielands Gesammelte Schriften.* Hrsg. von der Deutschen Kommission der Königlich Preußischen Akademie der Wissenschaften. II. Abteilung: *Übersetzungen.* Bd. 1-3: *Shakespeares theatralische Werke.* Hrsg. von Ernst Stadler. Berlin 1909-1911 (in Bd. 3: *Viel Lermens um Nichts,* dazu Lesarten und Erläuterungen). – Reprint Hildesheim 1987.

Adelung, Johann Christoph: *Versuch eines vollständigen grammatisch-kritischen Wörterbuches der Hochdeutschen Mundart, mit beständiger Vergleichung der übrigen Mundarten, besonders aber der oberdeutschen.* 5 Tle. Leipzig 1774-1786.

Arden = William Shakespeare: *Much Ado About Nothing.* Edited by A. R. Humphreys. London and New York 1991. (The Arden Edition of the Works of William Shakespeare. University Paperback.)

Bailey/Arnold = *A Compleat English Dictionary, oder vollständiges Englisch-Deutsches Wörterbuch . . . Anfangs von Nathan Bailey . . . herausgegeben, bey dieser dritten Auflage aber um noch mehr als die Hälfte vermehret von Theodor Arnold.* Leipzig und Züllichau 1761.

Boyer, Abel: *Dictionnaire Royal, francois-anglois et anglois-francois. Nouvelle edition.* 2 Bde. London 1756 (Bd. 2: Englisch-französisch, z. T. mit zusätzlichen englischen Umschreibungen).
Dazu, weitgehend textgleich: *The Royal Dictionary abridged. In two Parts . . . The seventh Edition . . . By Mr. A. Boyer.* London 1747.

Campe, Joachim Heinrich: *Wörterbuch zur Erklärung und Verdeutschung der unserer Sprache aufgedrungenen fremden Ausdrücke. Zweite, verbesserte, und mit einem dritten Band vermehrte Auflage.* 3 Bde. Grätz 1808/09.

Deutsches Wörterbuch von Jacob und Wilhelm Grimm. 33 Bde. Leipzig 1854-1971. Reprint München 1984.

Eschenburg/Eckert = *Willhelm Shakespears Schauspiele. Von Joh. Joach. Eschenburg. Neue verbesserte Auflage.* 22 Bde. Straßburg (6. Bd.: Mannheim und Straßburg; 9., 11., 13., 15.-22. Bd.: Mannheim) 1778-1783 (in Bd. 10: *Viel Lärmens um Nichts.*) – Dieser sogenannte Mannheimer Shakespeare ist ein unberechtigter, jedoch durch den Mannheimer Professor Gabriel Eckert vielfach verbesserter Nachdruck der in 13 Bänden in Zürich 1775-1782 erschienenen Übersetzung Eschenburgs.

Fischer, Hermann: *Schwäbisches Wörterbuch.* 6 Bde. Tübingen 1904-1936.

Fischer, Hermann und Taigel, Hermann: *Schwäbisches Handwörterbuch.* Tübingen 1986.

Ganz, Peter F.: *Der Einfluß des Englischen auf den deutschen Wortschatz 1640-1815.* Berlin 1957.

Itkonen, Kyösti: *Die Shakespeare-Übersetzung Wielands (1762-1766). Ein Beitrag zur Erforschung englisch-deutscher Lehnbeziehungen.* Jyväskylä 1971. (Studia Philologica Jyväskyläensia VII.)

Johnson, Samuel: *A Dictionary of the English Language . . .* 2 Bde. London 1755.
Und: *A Dictionary of the English Language . . . Abstracted from the Folio Edition, By the Author . . . The sixth Edition, corrected by the Author.* 2 Bde. London 1778.

Reclam = William Shakespeare: *Much Ado About Nothing/Viel Lärm um nichts.* Englisch/Deutsch. Hrsg., übersetzt und kommentiert von Holger Klein. Stuttgart 1993. (Universal-Bibliothek Nr. 3727.)

Onions, Charles Talbut: *A Shakespeare Glossary. Enlarged and revised throughout by Robert D. Eagleson.* Oxford 1986.

Schmeller, Johann Andreas: *Bayerisches Wörterbuch. 4. Neudruck der von G. Karl Frommann bearbeiteten 2. Ausgabe München 1872-77.* 2 Bde. München, Wien bzw. Aalen 1983.

Stadler, Ernst: *Wielands Shakespeare.* Straßburg 1910. (Quellen und Forschungen zur Sprach- und Culturgeschichte der germanischen Völker, 107.)

Warburton = *The Works of Shakespear. The Genuine Text (collated with all the former Editions, and then corrected and emended) . . . By Mr.* [Alexander] *Pope and Mr.* [William] *Warburton.* 8 Bde. 1747. – Von dem Werk erschienen in London und in Dublin zwei separat gesetzte bzw. gedruckte Ausgaben. (In Bd. 2: *Much Ado about Nothing,* in Bd. 8: *Index of the Characters, Sentiments, Similies, Speeches and Descriptions in Shakespeare* bzw. *A Glossary, explaining the obsolete and difficult Words.*)

Die Literatur zum Thema Wieland und Shakespeare verzeichnen bis etwa 1981 die *Wieland-Bibliographie* von Gottfried Günther und Heidi Zeilinger, Berlin und Weimar 1983, und daran anschließend die *Wieland-Studien,* Band 1, hrsg. vom Wieland-Archiv Biberach und von Hans Radspieler. Sigmaringen 1991 (und ff.). – Hingewiesen sei weiter auf Klaus Reichert: *Im Hinblick auf eine Geschichte des Übersetzens,* in: *Sprache im technischen Zeitalter,* Jg. 1981.

Zu Fragen über Shakespeare und sein Werk sowie über die Probleme der Shakespeare-Philologie gibt umfassend Auskunft: *Shakespeare-Handbuch. Die Zeit – Der Mensch – Das Werk – Die Nachwelt.* Unter Mitarbeit zahlreicher Fachwissenschaftler hrsg. von Ina Schabert. Mit einem Geleitwort von Wolfgang Clemen. 3. Aufl. Stuttgart 1992.

NOTIZEN ZUM TEXT

(In Kursiv erscheinen im folgenden alle Zitate aus Wielands Text, aus dem englischen Original und aus der jeweils genannten Literatur.)

Seite, Zeile

Titel »Viel Lärm um nichts« ist als sogenannte *Lehnwendung* durch Wieland zur allgemein gebräuchlichen Redensart auch außerhalb von Shakespeares Komödie geworden (Itkonen).

5,16f. *Hundsloch: Dogberry*; *Spießruthe*: *Verges*. – *Dogberry* ist die Frucht der Kornelkirsche, *Verges* der Saft unreifer Früchte. Wieland wählte dafür nicht eine wörtliche Übertragung (Reclam: *Hundsbeer*; *Herbsaft*), sondern Namen, die mit ihren Anspielungen auf die Tätigkeit der beiden Gerichtsbeamten auch im Deutschen komisch wirken (Loch = Gefängnis). AA erklärt *Spießruthe* als Ergebnis der Verwechslung von *Verges* mit »verge« = Stab, Rute.

7,3 *Leonato's:* Im Original der Druckfehler *Leonatus*.

8 Die Fußnote beruht auf Warburtons Anmerkung. – *Mountanto* (I, 1, 28) ist ein Fechter oder Zweikämpfer, benannt nach dem Fachausdruck für eine bestimmte Art von Hieb (Reclam: *Signor Oberstich*).

9,7f. *wer . . . könne: at the flight* (I, 1, 36). – *Flight* ist hier ein leichter, weit fliegender Pfeil. Benedict fordert Cupido also zum Wettschießen heraus. AA vermutet, daß Wieland *flight* als »Flucht« verstanden hat. Johnsons Erklärungen *The act of flying or running from danger* könnte der Grund gewesen sein.

10,13f. *wenn er . . . auszuweichen: so that if he have wit enough to keep himelf warm* (I, 1, 61f.). – Warburton lehnt in einer spitzfindigen Fußnote die Lesart *warm* ab (*how would that make a difference between him and his horse?*) und ersetzt sie durch *from harm* (*For 'tis the nature of horses, when wounded, to run upon the point of the weapon*). Wieland erschien das zu wenig überzeugend, so daß er seine eigene Lösung suchte.

10,25 *Kopf: block* (I, 1, 70). – Gemeint ist ein Hutstock.

13,10 *Sie:* Im Original *sie*.

16,9-11 *Cupido . . . Zimmermann:* Eschenburg/Eckert erläutern: *D. i. um uns unglaubliche Dinge zu sagen, wie die, daß Amor nicht blind, und Holz nicht brennbar wäre.*

16,29f. *ohne Sorge:* D. h. ohne Sorge, daß ihm Hörner aufgesetzt werden.

17,23 Nach *Alt-Weiber-Mährchen* im Original ein Strichpunkt.

19,15f. *wie ein Mädchen von dreyzehn Jahren:* Von Wieland eingefügt.

20,7 *empfindliche: sensible* (I, 1, 243). – Wenn, wohl orientiert an modernen Wörterbüchern, AA hier (und 124,10) einen Irrtum moniert und meint, Wieland hätte »vernünftig« übertragen müssen, so ist übersehen, daß *sensible* bei Shakespeare auch *capable of emotion, feeling* und ähnlich bedeuten kann (Onions) sowie bei Bailey/Arnold mit *sinnlich, empfindlich* erklärt ist.

20 1. Fußnote: die Anmerkung stammt von Warburton, der sie aus der Shakespeare-Ausgabe von Lewis Theobald (1733) übernommen hat.

20 2. Fußnote: *Je suis . . .:* Ich bin sicher, daß nichts an das herankommt, was man in Venedig sieht, sowohl bezüglich der Menge als auch der uneingeschränkten Zügellosigkeit – Vor zweihundertfünfzig Jahren sah sich die Republik veranlaßt, eine große Anzahl von Kurtisanen von auswärts kommen zu lassen. – *Je me . . .:* Ich erinnere mich, eines Tages einen Mann, der mir über Tausende von Ausschweifungen der venetianischen Geistlichen berichtete, gefragt zu haben, wie es möglich sei, daß der Senat das duldete – Ich erhielt die Antwort, daß das öffentliche Wohl die Obrigkeit zu dieser Nachsicht zwang – und daß der Senat sehr zufrieden damit sei, daß das Volk die Priester tief verachtete; denn dadurch sind sie viel weniger fähig, es aufzuwiegeln.

25,19 *würkliche: present* (I, 3, 8), also »augenblickliche«. »Wirklich« hatte im Schwäbischen auch den Sinn von »soeben, gegenwärtig«.

26,7 *Humor: humour* (I, 3, 17). – *Humor* ist hier, wie im 18. Jahrhundert allgemein, im Sinne von »Laune« gebraucht.

26,13 *abgeworfen:* »Sich mit einem abwerfen« war nur im Oberdeutschen üblich und bedeutete sich *überwerfen, entzweyen* (Adelung).

26,20 *Krebs: canker* (I, 3, 25), hier soviel wie »wilde Rose«, eine Bedeutung, die Wieland in den ihm zur Verfügung stehenden Lexika nur bei Johnson finden konnte.

27,15f. *meinen wohlthätigen Humor zu beschäftigen: to build mischief on* (I, 3, 43). – *Humor* ist wie in 26,7 im Sinne von »Laune« gebraucht, der Zusatz *wohlthätigen* ist natürlich ironisch zu verstehen.

29,20f. *wie meiner . . . ältester Sohn: my lady's eldest son* (II, 1, 9). – Gemeint ist ein verzogener Erstgeborener.

30 Fußnote: Hier wird Wielands immer wieder zu beobachtende Ängstlichkeit deutlich, die Zeitgenossen könnten ihm als Übersetzer die Eigenheiten Sheakespeares anlasten, die, vom Kunstverständnis des 18. Jahrhunderts her gesehen, als Geschmacklosigkeiten galten. Siehe dazu auch das Nachwort *Zur Neuausgabe von Wielands Shakespear* in Bd. 1 unserer Ausgabe.

31,12-14 *Bärenhüter . . . zur Hölle treiben:* Zu Shakespeares Zeit gab es die ihrer Herkunft nach ungeklärte Redensart, alte Jungfern würden »Affen in die Hölle führen«. Der Bärentreiber (*bear-ward*; II, 1, 36) ist als Tierhüter, der auch Affen hält, zu verstehen. Beatrix will also sagen, sie wolle ledig bleiben. Siehe Arden-Erläuterung.

31,14 Die hier ausgelassenen Zeilen II, 1, 38-45 werden von Warburton als unecht (*All this impious nonsense . . . is the players*) lediglich in einer Fußnote mitgeteilt.

31 Fußnote: Siehe die Notiz zur vorhergehenden Fußnote.

33,9f. *sie macht wenig Ansehen:* Erläuternder Zusatz Wielands zu II, 1, 88.

33,14 *(zu Balthasar):* Interpretierenden Zusatz Wielands vor II, 1, 91. Bei Shakespeare ist nicht angegeben, zu wem Pedro spricht. Man nimmt allgemein an, er flüstert zu Hero (daher in der Ausgabe von Thomas Hanmer von 1743 die Einfügung: *Drawing her aside to whisper*, siehe die Arden-Lesarten).

34,21 *auf und nieder: up and down* (II, 1, 108). – AA bemerkt hier, *up and down* müsse hier mit *ganz und gar* übersetzt werden (Arden-Erläuterung: *entirely*), übersieht jedoch, daß *auf und nieder* zu Wielands Zeit »vollständig, gänzlich« bedeuten kann. Arden hält auch eine wörtliche Bedeutung für möglich, *if Ursula is stroking Antonio's hand.* Reclam: *oben wie unten.*

35,10 *widerwärtigen Humor: disdainful* (II, 1, 119). – Siehe die Notiz zu 26,7.

35,11f. *hundert lustigen Erzählungen:* Eine zu Shakespeares Zeit beliebte Sammlung derb-komischer Geschichten.

35,25f. *einziger Talent:* Entweder Druckfehler für »einziges« oder Übernahme des Genus des Fremdworts aus dem Französischen, wie bei Wieland öfter zu beobachten.

35,26f. *die auf niemand passen: impossible* (II, 1, 128). – Warburton hält hier *impassible* für die richtige Lesart.

36,3-5 *ich bin gewiß . . . an mich gemacht: I am sure he is in the fleet; I would he had boarded me* (II, 1, 132f.), also wörtlich: *Ich bin gewiß, er ist in dieser Flotte; ich wünschte nur, er hätte mich geentert* (Reclam). Die Rückführung eines ihm zu kühn erscheinenden Bildes auf den eigentlichen Gehalt ist typisch für Wieland.

37,28-38,1 *Liebhaber . . ., laßt eure eigne Zungen eure Unterhändler seyn: Therefore all hearts in love use their own tongues* (II, 1, 165). – Warburton hat hier *your own,* verweist aber auch auf die Lesart *their own.* Wieland umgeht durch seine Übersetzung die Schwierigkeit. Reclam: *Drum sollten alle Herzen ihre eignen Zungen brauchen.*

38,16 *Weide:* Ein Kranz aus Weidenzweigen war das Zeichen verlassener Liebender. Siehe z. B. auch Othello IV, 3, 40ff.

39,11 *Wasser-Hühnchen: fowl* (II, 1, 188). – Wieland veranschaulicht, indem er »Vogel« näher charakterisiert.

39,18 *Humor:* Siehe die Notiz zu 26,7.

40,18 *Willt:* Ebenso wie »sollt« gleichwertig neben »willst« und »sollst« gebraucht.

41,13f. *verfluchten Geschwindigkeit: impossible conveyance* (II, 1, 229). – Warburton hält hier *impassable* für richtig (siehe auch die Notiz zu 35,26f.) und bemerkt: *A term taken from fencing, when the strokes are so swift and repeated as not to be parried or passed of,* wonach sich Wielands Übersetzung richtet.

41 Die Fußnote stammt von Warburton.

42,2 *und die Hölle . . . ist:* Von Wieland an II, 1, 245 angefügt.

42,8 *Commißion:* Auftrag.

45,4 *Humor:* Siehe die Notiz zu 26,7.

47,6 *ekeln:* Im 18. Jahrhundert soviel wie »anspruchsvoll, heikel«.

47,19 *Queerstrich:* Im Originaldruck *Queerstriech.*

48,19 *Und was . . . thun können: What life is in that, to be the death of this marriage* (II, 2, 19f.), also *Was lebt hierin, das diese Heirat töten würde* (Reclam). – Siehe die Notiz zu 36,3-5.

51,11f. *Biscayer-Trummeln: tabor* (II, 3, 14). – *Tabor* ist bei Bailey/Arnold mit *kleine Trommel oder Pauke*, bei Boyer mit *Tambour de basque, ou tabourin* erklärt.

51,33f. *Bott auf sie schlagen: cheapen her* (II, 3, 31). – Soviel wie »ein Gebot auf sie machen«. *Bott* statt »Gebot« war nur in *den gemeinen Mundarten sowohl Ober- als Niederdeutschlandes* gebräuchlich (Adelung).

52,20 *accomodiren: fit the kid-fox with a pennyworth* (II, 3, 42). – Der nicht ganz klare Sinn ist: *Werden wir dem Füchslein sein Teil tüchtig geben* (Reclam). Warburton bezeichnet *kid-fox* als *a new species of animals of the Editor's creation* und liest *hid-fox*, d. h. *the fox who had hid himself.* »Akkomodieren« bedeutet soviel wie »anpassen, gefügig machen«. Zur Übertragung siehe die Notiz zu 10,13f. und 36,3-5.

53,27 *Nacht-Raben: night-raven* (II, 3, 82). – Als »Nachtraben« wurden im Deutschen verschiedene Vogelarten wie die Eule, eine Reiher- und eine Schwalbenart mit mißtönenden Stimmen bezeichnet.

54,12 *hätte:* Im Original *hatte.*

56,22 Die ausgelassene Zeile lautet *she found ›Benedick‹ and ›Beatrice‹ between the sheet* (II, 3, 135f.). Das Wortspiel liegt in der Doppelbedeutung von *sheet* als »Briefbogen« und »Bettdecke«.

56,28 *zuschreiben:* Die Zusammenschreibung von »zu« mit dem Verb ist bei Wieland häufig anzutreffen.

59,11 *zuwikeln:* Siehe die vorige Notiz.

63,15 *auflassen: advance their pride Against* (III, 1, 10f.). – »Auflassen gegen« ist der schwäbische Ausdruck für »sich übermütig benehmen gegen«.

64,2-4 *und wir werden sehen ... machen wird: Of this matter Is little Cupid's crafty arrow made, That only wounds by hearsay* (III, 1, 21-23), also wörtlich: *Aus solchem Holze ist des kleinen Cupido kundiger Pfeil geschnitzt, der nur durchs Hörensagen Wunden macht* (Reclam). Wieland ändert hier ein ihm mißlungen erscheinendes Bild.

64,10 *Ohren: oars* (III, 1, 27), also Rudern. – Die Kiemen eines Fisches wurden (und werden volkstümlich gelegentlich bis in die jüngste Zeit) »Fischohren« genannt. AA vermutet eine Verwechslung von »oar« mit »ear«.

65,22 *Pikelhering* ist *die lustige Person auf der Schaubühne, und in weiterer Bedeutung ein jeder Possenmacher* (Adelung).

65,24 *Agat-Bildchen: agate* (III, 1, 65). – Als *Agat* oder »Agtstein« wurden der Bernstein, der Achat und der Gagat bezeichnet, aus denen kleine Plastiken für Ringe, Anhänger usw. geschnitten wurden. Warburton, dem Wieland hier nicht folgt, ersetzt *agate* durch *Aglet*, was hier den als Ornament gestalteten Kopf einer Ziernadel bedeutet.

65 Fußnote: Die Bemerkung Wielands beruht auf einer Anmerkung Warburtons. *Mimi . . .:* Mimen in kleine Lumpen (Harlekinsrock) gekleidet, das Angesicht mit Ruß beschmiert.

66,2 *Humor:* Siehe die Notiz zu 26,7.

67,6f. *paßiert . . . davor:* Soviel wie »gilt . . . dafür«.

70,11 *alles ausgezakt: all slops* (III, 2, 33), also *nur Pluderhosen* (Reclam). – Obwohl Wieland im 2. Teil von »Heinrich IV.« *slops* gemäß Boyer und Bailey/Arnold richtig mit *Pluder-Hosen* (I, 2, 30; unsere Ausgabe Bd. 13, S. 136, Z. 12) übersetzt, hat er hier die Vorstellung eines Zackenmusters, möglicherweise vermittelt durch die Angabe seiner Lexika für *sloping* (Arnold/Bailey: *krumm, schief*).

71,10 *Claves: stops* (III, 2, 54). – »Stops« sind hier die sogenannten »Bünde« am Griffbrett einer Guitarre, die zur Regelung der Tonhöhe dienen (Onions). »Clavis« bedeutet im 18. Jahrhundert Klaviertaste, auch Notenschlüssel und ist hier im Sinne der englischen Vorlage gebraucht: Benedicts vorher ungebundener Geist wird nun durch von außen kommende Kräfte regiert.

71,29 *Steken-Pferde: hobby-horses* (III, 2, 65f.). – Der englische Ausdruck bedeutet hier *Frivolous fellow, bufoon* (Onions), das entsprechende deutsche Wort benützt Wieland in übertragener Bedeutung für »Narr«. In der ebenfalls aus dem Englischen stammenden Bedeutung »Hure« verwendet er es in seiner Übertragung von *Othello* (IV, 1, 152; in Wielands Zählung IV, 4, in Bd. 18 unserer Ausgabe) und *The Winter's Tale* (I, 2, 276; in Wielands Zählung I, 3 in Bd. 21 unserer Ausgabe). In der heutigen Bedeutung als

»private Liebhaberei«, wie sie dann Adelung verzeichnet, benützt er es später in Briefen, im *Teutschen Merkur* oder in seiner Übersetzung der Horaz-Episteln. Siehe dazu auch Ganz und Itkonen.

75,14f. *Salvation: salvation* (III, 3, 3), also »Rettung«. Während im englischen Text das Fremdwort richtig angewandt ist (Reclam: *wäre es jammerschade, wenn ihnen nicht Erlösung widerführe*), ändert Wieland die Konstruktion und meint mit *Salvation* gerade das Gegenteil, nämlich »Verdammnis«. – Hundsloch ist, wie manche andere komische Figur bei Shakespeare, berühmt wegen seiner sogenannten Malapropismen, d. h. seiner Gewohnheit, schwierige Wörter falsch anzuwenden (benannt nach Mrs. Malaprop, einer Figur aus *The Rivals* von Richard Brinsley Sheridan 1775). Die Szene ist ein Beispiel dafür, wie Wieland diesen Zug in seine Übersetzung einfügt, um ihn auch im Deutschen wirkungsvoll zur Geltung kommen zu lassen: Entweder er übernimmt die Malapropismen wörtlich, oder er ersetzt sie durch andere, im Deutschen ebenfalls falsche Ausdrücke, oder er fügt überhaupt neue ein, womit er dann zusätzliche Sprachwitze schafft. Gelegentlich läßt er sie auch weg. Siehe dazu die folgenden Notizen.

75,21 *Omißion: charge* (III, 3, 7), also »Amt«. Wieland fügt mit »Auslassung, Unterlassung« einen neuen Sprachwitz ein.

76,16f. *incapabelste: senseless* (III, 3, 22f.). – Wieland wählt »unfähigste« statt »unsinnigste«.

76,19 *Fragranten-Volk: vagrom men* (III, 3, 25). – Hundsloch meint eigentlich »vagrant men«, d. h. »herumstreifendes Volk«, »fragrant« ist wahrscheinlich dem lateinischen »fragrans« = »wohlriechend« nachgebildet.

77,5f. *tolerabel: tolerable* (III, 3, 36) statt »intolerable«.

77,29 *respectiren: suspect* (III, 3, 49). – Einfügung eines neuen Malapropismus.

78,12f. *für ... bassiert:* Siehe die Notiz zu 67,6f.

78,13 *Collegia: partner* (III, 3, 61). – Spießruth verwendet irrtümlich den Plural von »Collegium« (Versammlung) statt »Collega«.

78,29 *Omißion: charge* (III, 3, 72). – Siehe die Notiz zu 75,21.

79,6 *Statuen: statutes* (III, 3, 77). – Warburton hat hier bereits *Statues*.

80,17 *ripple:* Soviel wie »rühre«, von Wieland eingefügt.

80,24f. *ein Bube: any villainy* (III, 3, 109f.). – Warburton hält hier *villain* für die richtige Lesart.

81,19 *Faßan: Deformed* (III, 3, 122). – Shakespeare bezieht sich auf den Ausdruck *deformed thief* in der vorhergehenden Zeile, Wieland ändert und verstärkt das Wortspiel, indem er an *Façon* anknüpft.

81 Die Fußnote stammt von Wieland.

82,15 *Hosenlaz: codpiece* (III, 3, 134). – *Codpiece* ist ein *projecting forepiece of men's breeches* (Arden-Erläuterung), wie es zahlreiche zeitgenössische Porträts zeigen. Die Wiedergabe mit *Hosenlaz* schwächt die sexuelle Bedeutung etwas ab. Siehe auch Bd. 2, *Das Leben und der Tod des Königs Lear*, Notiz zu S. 94, Fußnote, unserer Ausgabe.

83,19 *H**handel:* Hurenhandel. Eschenburg/Eckert wagen hier nur *liederlichsten Handel*.

83,22 *Fassan: Deformed* (III, 3, 163). – Siehe die Notiz zu 81,19.

83,23 *Haken-Schlüssel: lock* (III, 3, 164). – Gemeint ist bei Shakespeare eine besonders verzierte, bei Gecken beliebte Haarlocke (Arden-Erläuterung). Wieland, der diese Bedeutung nicht kennen konnte, denkt an die Stelle S. 81, Z. 19-22, besonders aber wohl an Hundslochs Bericht S. 130, und übersetzt dazu passend. Auch Eschenburg/Eckert haben noch *Hackenschlüssel*.

84,12-18 III, 4, 1-36 sind als Inhaltsangabe gebracht.

85,13 *Renegatin: turned Turk* (III, 4, 52). – Warburton erläutert: *taken captive by Love, and turn'd a Renegado to his religion*.

86,8 *Carduus Benedictus:* Eine als heilkräftig geltende Distelart.

86,18f. *Cardebenedicten-Distel: holy-thistle* (III, 4, 75). – Wieland führt das beziehungsreiche Wortspiel mit »Benedict« weiter.

87,15f. *Confidenz: confidence* (III, 5, 2). – Gemeint ist »Konferenz«.

88,13 *odoros: odorous* (III, 5, 15), also »wohlriechend«.

88,13 *palabras: palabras* (III, 5, 15). – Der spanische Ausdruck »palabra« für »Wort« wurde in Shakespeares England öfter gebraucht.

88,16 *tedios: tedious* (III, 5, 17), also »langsam, langweilig«.

88,27 *Exclamation: exclamation* (III, 5, 24). – Hundsloch meint wahrscheinlich »acclamation«, also »Beifall«.

89,26 *Nicht uns . . . nicht uns:* Von Wieland eingefügt.

90,3 *auspiciose: aspicious* (III, 5, 44; Warburton: *auspicious*), also »glücklich« statt »suspekt«.

92 Fußnote: *epuser . . . marier:* heiraten . . . trauen.

95,12f. *ein Buch gegen den Schein schreiben: write against it* (IV, 1, 56). – Warburton hält die Stelle für verderbt und meint: *What? a libel? nonsense. We should read, I will RATE against it, i. e. rail or revile* (also schimpfen, schelten). Wieland folgt Warburton hier nicht.

95,13f. *so sehr . . . betrogen:* Von Wieland nach IV, 1, 56 eingefügt.

96,2 *eure . . . euer: our . . . our* (IV, 1, 71).

97,5f. *niederträchtiger: liberal* (IV, 1, 92). – Im Original *niderträchtiger*, wohl Druckfehler und kein Provinzialismus. Warburton schreibt zu *liberal: We should read, like an ILLIBERAL villain.* »Liberal« wäre als »offenherzig« aufzufassen, Wieland folgt hier Warburton ebenfalls nicht, sondern umgeht die Schwierigkeit.

99,10 *Geiz: frame* (IV, 1, 128), also »Einrichtung«. Warburton ersetzt *frame* durch *'FRAINE, i. e. refraine, or keeping back her further favours.*

99,18f. *als das meinige liebte, als . . . anprieß, als . . . stolz darauf war:* Das dreimalige *as* (*als*) ist von Warburton anstelle von *and* (IV, 1, 136f.) gesetzt.

99,23f. *beschmiztes:* besudeltes.

99,30 *belügt:* »Belügen« bedeutet hier *Lügen von jemand zu seinem Nachtheile erzählen* (Adelung).

102,4f. *mein stilles Privat-Leben: my bad life* (IV, 1, 196), also mein *schlimmer Lebenswandel* (Reclam).

102,6f. *Polizey des Gemüths: policy of mind* (IV, 1, 198), womit hier *Prudence in the conduct of affairs* (Onions) gemeint ist. In dieser auf den privaten Bereich beschränkten Bedeutung, also etwa als »kluge Ordnung in den Gemütsbewegungen« ist das Wort bei Adelung nicht aufgeführt.

109,13ff. In der Zuweisung der Reden dieser Szene an bestimmte Personen folgt Wieland natürlich Warburtons Text. In anderen Shakespeare-Ausgaben werden sie, je nach der Druckvorlage, z. T. anders verteilt.

109,14 *Disputation: dissembly* (IV, 2, 1), statt »assembly«.
109 Fußnote: Der Text beruht z. T. auf einer längeren Fußnote Warburtons. – *Clericis . . .:* Geistliche niedrigerer Rangordnung.
110,4 *Collegia: partner* (IV, 2, 4). – Siehe die Notiz zu 78,13.
110,6f. *Inhibition, das Examen vorzunehmen: the exhibition to examine* (IV, 2, 5f.). – *Inhibition* wäre »Verbot«.
112,5f. *platte Häresie: flat perjury* (IV, 2, 39).
112,19 *Platter Hochverrath: Flat burglary* (IV, 2, 47).
112,26f. *Redemtion: redemption* (IV, 2, 54). – In beiden Sprachen »Erlösung«.
113,7 *heimgeschlagen: refused* (IV, 2, 60). »Heimschlagen« bedeutet im Schwäbischen »zurückgeben, zurückweisen«.
113,18 *Stokfisch: coxcomb* (IV, 2, 66), also »Narr«. Im Deutschen wurde als »Stockfisch« ein dummer, einfältiger Mensch bezeichnet.
114,4 *paßiert:* »Als etwas passieren« bedeutete »als etwas angesehen sein oder gelten«.
114,5 *haushäbiger: a householder* (IV, 2, 78). – Das Wort war nur im Süddeutschen üblich im Sinne von »haushälterisch«.
115,24 *Gelachen:* AA ändert in *Gelagen*, doch war »Gelach« als altertümliche Form durchaus üblich (Adelung).
120,7f. *reizen: wake* (V, 1, 102). – Warburton, dem Wieland hier nicht folgt, merkt an, es müsse heißen: *We will not WRACK, i. e. destroy your patience by tantalizing you.*
123,10 *einen guten Zelters-Paß: ambles well* (V, 1, 156). – Im Original der Druckfehler *Zelter-Spaß.*
123,20f. *redt mit Zungen:* Der aus der Bibel stammende Ausdruck bedeutet »verschiedene fremde Sprachen sprechen«.
124,9 *wenn:* Soviel wie »wann«.
124,10 *zärtlichen: sensible* (V, 1, 179). – Siehe die Notiz zu 20,7.
124,10 *sehen: set* (V, 1, 178). – Im Original *sehen*, was möglicherweise ein Druckfehler für »setzen« ist. Allerdings haben auch Eschenburg/Eckert noch *sehen.*
126,6 *Calumnianten: slanders* (V, 1, 212). – Ein »Calumniant« (vom lateinischen »calumniator«) ist ein Verläumder.
129,20f. *die . . . rechtfertigte:* Von Wieland nach V, 1, 278 eingefügt.
130,18f. *bey seiner Bestraffung Inflexion darauf mache: be remembered in*

his punishment (V, 1, 300f.). – Wieland fügt selbständig einen Malapropismus ein.

130,21 *Schlüssel in seinem Ohr und eine Haarloke: a key in his ear and a lock hanging by it* (V, 1, 302f.). – Siehe die Notiz zu 83,23.

130 Die Fußnote faßt eine längere Anmerkung Warburtons zusammen. – *Petitsmaitres*: Modegecken.

132 Fußnote: *Monolog:* Im Original *Monologe.*

133,23 *wohlpolicierten Staat: politic a state* (V, 2, 58f.). – »Poliziert«, ein von Wieland besonders in seinen politischen Schriften häufig verwendeter Ausdruck, wurde im 18. Jahrhundert ein Staat genannt, der in guter Ordnung und Verfassung vor allem im Hinblick auf Wohlfahrt und Sicherheit der Bürger regiert wird. Beatrix meint hier »wohlgeordneten«. Siehe auch die Notiz zu 102,6f.

140,24 *umständlich:* ausführlich.

141,16 *liebet:* AA betrachtet die Form als Druckfehler und schreibt *liebtet.*

Nicht übersetzt oder durch Inhaltsangaben wiedergegeben sind folgende Stellen:

nach	7,23	I, 1, 15
	10,2	I, 1, 49-54
	14,8	I, 1, 129-135
	15,18	I, 1, 159f.
	20,13	I, 1, 249f.
	31,14	II, 1, 38-45
	32,14	II, 1, 63-76
	36,17	II, 1, 142-144
	44,22	II, 1, 294-317
	53,8	II, 3, 49-57
	53,15	II, 3, 62-74
	64,22	III, 1, 38f.
nach	69,29	III, 2, 25
	70,3	III, 2, 28
	70,12	III, 2, 34-36
	78,25	III, 3, 68-70
	80,10	III, 3, 97-100
	85,7	III, 4, 41-47
	85,10	III, 4, 50f.

86,31	III, 4, 87f.
95,28	IV, 1, 67f.
112,20	IV, 2, 48f.
116,25	V, 1, 41-44
121,26	V, 1, 127-129
122,9	V, 1, 137f.
125,8	V, 1, 198f.
130,28	V, 1, 309f.
130,29	V, 1, 312-321
132,6	V, 2, 7-21
132,8	V, 2, 23-40
136,13	V, 4, 4-6

INHALT